—————— 阅读之前 没有真相

午 夜 文 库

悲悼

陆秋槎 著

新 星 出 版 社　NEW STAR PRESS

献给罗斯·麦克唐纳（1915—1983）

1

没有生意的午后，我总是站在窗边抽烟。

若换作其他日子，大可以敞开两扇窗，让烟味尽快散去。一年之中唯独这个时节，我只敢把半扇窗户推开一两寸，免得外面的柳絮飞到屋里。

即便如此小心，还是有那么白白净净的一团，像是存心与我作对，从那道缝里钻了进来。

古运河堤岸上的柳树是省政府迁来时种下的，如今初长成，树荫已经能连成一片了。只是生在岸边，不但枝条总是湿漉漉的，就连柳絮也吸满了水气，根本飞不出多远。那团夺窗而入的柳絮，又执拗地飘了一会儿，最后还是落在了地板上。

这时门外传来一阵脚步声，是有人在上楼。

皮鞋噔、噔地落在木楼梯上，轻且从容，还隐隐透着几分稚气未脱的活泼。这脚步声的主人想来不是要去隔壁借高利贷，也不像是三楼的住户，十有八九是我的主顾来了。

我把那根抽到一半的哈德门牌香烟按在烟灰缸里掐灭，静候着久违的来客。

很快就响起了敲门声。

打开门，站在外面的是个看上去十五六岁的女孩。她身穿浅灰色短袄和刚好盖住膝盖的黑裙，拎着一个奶油色的手提包，再配上皮鞋和白袜,一看便知是圣德兰女校的学生。

她的五官还算精巧,但说不上讨喜。眼睛很大却不够有神,雾蒙蒙的,也许是视力不佳,只是出于爱美之心而不愿戴上眼镜。两片薄得可怜的嘴唇微抿着,透露出她的紧张。挺拔的鼻子为她赋予了一种很特别的气质,让人想起好莱坞默片的女主角。我猜任何一个稍有些眼光的美发师,都会劝她烫一头曼丽毕克馥式①的发卷。只可惜,或许是碍于校规,她像很多同龄的女孩一样,剪了个平平无奇的短发。

可能是闻到了烟味,女孩微微蹙紧眉头,但还是走了进来。

"这里是雅弦侦探社吗?"她模仿着大人的口吻,就像一只在野狗面前虚张声势的兔子。"我没猜错的话,你就是刘雅弦小姐吧?"

"是我。"

说着,我安排她坐在那把铺了皮革的红木椅子上。

给访客用的椅子是整个房间里最值钱的三样东西之一。另外两件是桌上的电话机和躺在抽屉里的左轮手枪。那把枪小巧精致,不论是塞进手提包还是揣在怀里,都很难被发现。唯一的缺憾是子弹没那么容易弄到。柯尔特公司给它取了个很妙的名字——Detective Special,仿佛设计出来就是给我这种人用的。

万幸的是,椅子和电话时常能派上用场,左轮手枪却很少有离开抽屉的机会。

我在她对面坐下。女孩再次开口了:

"有件事想找你帮忙。"

"会付钱吗?"

---

① 今多译为"玛丽·璧克馥",美国女演员。

"当然。"

"那就不是帮忙了，是雇我为你做事。"我说，"不过我收费可不便宜，不知道你的零用钱能否负担得起。"

"自然是负担得起。"

她冷冷地笑了笑，打开放在大腿上的手提包。本以为她会掏出大把钞票来证明自己的经济实力，却见她拈出一张巴掌大小的纸片，递到我面前。

在那张水蓝色的纸片上，用生硬的郑文公体写了"葛令仪"三个字。除此之外，没有头衔，没有地址，也没有电话号码。想来她定做这名片，不是为了方便别人日后与自己联络，只是为了能在现在这种情形下递给对方，宣告自己那不同凡响的身份而已。

我时常要与那帮太太、小姐们周旋，自然听说过葛令仪这号人物。

她是本地大亨葛天锡的侄女。葛天锡无儿无女，只有她这么一个侄女。葛令仪也早早地没了父亲，如今和母亲一起住在葛府，颇像是葛天锡的养女。换言之，日后她有望继承葛天锡名下那数目相当可观的存款、股票、债券、工厂、商铺和田产。

即便她不似这般漂亮，省城里的每个男人不论结没结婚，都有追求她的理由，更有绑架她的理由。

通常，哪家的太太、小姐若有事要拜托我，不会亲自来一趟，而是会打个电话将我叫去府上。看来这位葛小姐今天是背着家里人过来的。好在她每个月的零用钱，与我的进账相比想来只多不少，雇我几天一定是绰绰有余的。

"原来是葛府的大小姐，有什么能为你效劳的吗？"

"你知道我就好。"她有些赌气地说，"听说刘小姐很擅长找人?"

"说不上擅长,只是经常能接到找人的工作而已。"

话虽如此,我接的这类活儿大多都上不了台面。要么是谁家的少爷、小姐与人私奔了,教我赶在新闻记者前面找到他们;要么就是哪位阔太太上了拆白党的当,不便声张,教我去揪出对方的踪迹;还有几次是替隔壁的丁三追踪逃债的可怜人。如果我顺利完成了工作,少爷、小姐自然可以平安回家,逃债者和拆白党们的命运我就不愿去想象了。

不过,眼前这位葛小姐应该没有这一类需求才对。

"想拜托你帮我找到一位朋友,她已经快两周没来学校了。"

"只是不来上学,也没必要找私家侦探帮忙吧。她遇到什么麻烦了吗?"

"我往她家打过几次电话,都没人接。上周五还过去了一趟,怎么敲门都没人出来,楼下的电影院也锁着门。"

"电影院?"

"她父亲开了家电影院,在仓历路上。他们一家就住在楼上。"

"仓历路……是那家金凤凰大戏院?"

她点了点头。

"我没记错的话,老板好像姓岑。"

"刘小姐记性真好。我那位朋友也姓岑,叫岑树萱。草字头的萱。"

我拿起一支自来水笔,摘下笔帽,在便笺本上记下了这个名字。

"也许是老家有什么变故,一家人需要回去打理。你的朋友走得太急,没来得及告诉你。"

"但愿是这样吧。但我总觉得事情没那么简单。"

她的眉眼之间满是担忧，以及被各种胡思乱想折磨了好几日而造成的疲惫。

就在上个月，刚有位小姐的爱犬走丢了，是我帮她找了回来。我清楚地记得，那位小姐谈起那条三岁的贵宾犬时也是这副表情。

"就在前天晚上，有人在学校里见到她了。"葛小姐说，"昨天我还叫人去向她室友确认过，树萱她的确回来过一趟。"

"也就是说，她人在省城，却没有联络你，也没去上课，这让你觉得很不寻常？"

"这就是很不寻常。"

"也许她有什么苦衷。"

"不管她有什么苦衷，我希望你能找到她，把她带到我面前。"

"我明白了。这单生意我可以接下来。让我们来谈谈价钱吧。"

"你随便开价。"

"放心，我不会漫天要价的，对各路主顾也都一视同仁。雇我做事，每天十元钱，其间各种费用也由你承担。我们可以现在就定一个期限，你也随时可以叫停，在那之前我会一直为你工作。能接受的话，就先交个三十元的定金，这笔钱是不退的。"

这个价格相比同行还算公道。若定得再低些，反倒可能被客人看不起，还会害自己接到一些更脏更累的工作。我是个私家侦探，而不是谁都雇得起的廉价打手。虽然，好像也没有谁想要雇个女人当打手。

听到我的报价，葛小姐没有丝毫的犹豫，从手提包里摸出三张中央银行发行的银圆券，全都是十元面值的，平整地摊在桌上。

"钱不是问题，关键是人要找到。"

"能不能找到要看运气，找到了她愿不愿意回来要看你们的交情。"我如实说道，"不过我拿钱办事，一定尽力而为。"

"只要找到她，她肯定愿意回来的。如果她真遇上了什么麻烦，我家也能帮她摆平。"

"我需要一张她的照片，这样会方便很多。"

"我跟她的合影可以吗？"

说着，她将一张照片摆在了银圆券旁边。

照片里的两人穿着同款式的鸡心领针织衫，戴着同款式的贝雷帽，脖子上系着同款式的丝巾，至于颜色是否也一样，只看照片无从判断，但就算不同，应该也不会相差太多。

葛小姐的左侧的女孩应该就是岑树萱了。

两人身高相近，眉目也有些像，只是岑树萱的鼻子小巧些，嘴唇也厚实些，两条麻花辫垂在胸前，显得更加乖巧，不像葛小姐那般锋芒毕露。

若问两人谁更漂亮，不同的人自然会给出不同的答案。不过单看这张照片的话，一定是选葛小姐的人更多一些。毕竟，岑树萱的那张精致的小圆脸上没有任何表情，眼睛里也没有丝毫的神采，活像是个任人打扮的玩偶，和身旁喜笑颜开的友人形成了鲜明的对比。

我毫不怀疑，这套衣服是葛小姐挑的，钱是葛小姐付的，也是葛小姐拉着她去照相馆拍下了这张照片，照片肯定不止洗了这一张，岑树萱的那份应该也是葛小姐硬塞进她手里的。

"这张合影就可以，不过我要稍稍加工一下。"

"是要把我的那半边剪掉？"

"那倒不用，照片我用完了会还给你。"

我从抽屉里挑了一个合适的信封，撕去绝大部分，只留下二指宽，套在了照片右侧，正好遮住了葛小姐那半边。不得不拿着一张合影去到处打听的时候，我都会如法炮制。

"对了，"我把照片放进桌上的手提包，"今天是周二，你不用上学吗，还是逃了课到我这里来的？"

"今天只上半天课，家里并不知情，我就从学校溜出来了。赶在放学时间之前回去就好了，到时候司机会来接我。"

有专人车接车送，倒是符合我对都市大小姐生活的想象。

"你现在准备回去吗，我也打算先去学校那边打听打听，要不要一起过去？"

"还是算了吧。"她随口回绝道，"我还约了同学去新开的冰淇淋店，她们几个应该已经到了。"

我注意到，葛小姐这次没有使用"朋友"一词。似乎在她的辞典里，一起去冰淇淋店的交情还称不上是"朋友"，穿着同款式的衣服拍摄合影才算。

或许这就是为什么她不惜雇佣私家侦探也要找回岑树萱。

"我这边如果有了进展，会第一时间通知你。"我说，"我该怎样联系你呢？"

"可以打电话到葛公馆。"她报出了一串号码，"到时候就说是我的同学。不过刘小姐，你能模仿女学生的声线吗？"

"我试试看。女学生里面应该也有像我这样被烟熏过的嗓子吧？"

"当然没有了，至少圣德兰不会有。如果家里人怀疑，你就说自己感冒了，如何？"

"你好像很擅长说谎。"

"有什么关系呢?"她理直气壮地说,"这世上有人说谎是为图财,也有人说谎是为逃避罪责,而我呢,只是想争取一点点自由罢了。刘小姐忍心责怪我吗?"

听完这番慷慨陈词,我忽然有些同情眼前这个小姑娘,很想把那三十元钱退给她,为她免费服务一次。但考虑到这是进入四月以来的第一笔进账,就打消了这个念头。

我目送她离开,把名片和银圆券收进抽屉里,垫在了左轮手枪下面。

2

和同行们相比,能随意出入圣德兰女校是我为数不多的优势之一。在门房那里简单登记之后,我就走进了这座被砖墙和铁栅栏围起的秘密花园。

去年秋天,有笔教育部的拨款被人冒领了,是我帮校方追回了那笔钱。那并不是什么棘手的工作。冒领者是学校的工作人员,完全是外行,早早就露出了马脚。只不过,为了学校的声誉,这事不便惊动警方,在校园里的一番调查又必不可少,合适的人选着实有限。几个主事的老处女们合计了一番,找上了我。我的工作也还算让她们满意。

圣德兰的校园就像是个巨大的球桌,嫩绿的草坪覆盖到每一个角落,散布其间的建筑则像是一个个赛璐珞台球,大多漆成了颜色介乎一号球和五号球之间的橙黄色,又以铺着红瓦的回廊连接起来,只有象牙色的教堂和红砖垒成的仓库被排除在外。

教堂旁立着一个高耸的钟楼,那口铁钟在每天上午八点和下午五点会准时敲响,钟声隔着几条街都清晰可闻。

我来到回廊的入口,踏着鸡血色的地砖,走向位于校园最深处的办公楼。

回廊并不封闭,上面有个遮挡雨雪用的屋顶,由两排未涂漆的水泥柱子撑起。回廊和建筑物圈起来的区域是一个个精心布置过的小庭院，或堆起假山，或立着亭子，或放置秋千，乃至挖出一片小水塘来，一石一木全都搭配得十分考究。回廊外边则是疏于打理的草地。

草地上有人站着读书，有人坐着读书，也有人趴着读书，更远处还能看到几个女孩身穿轻便的运动装，正围在一起痛打一颗排球。

离我最近的一组学生，手里捧着油印的剧本，用英文排演着《李尔王》。

站在中间的那个女孩念出了李尔王在荒野里咒骂全世界的台词。只可惜此时此刻，天上既无闪电，也无狂风，有的只是万里晴空罢了。

她的发音字正腔圆，没有夹杂任何中国或美国的口音，却少了些情绪上的起伏，更像是在朗诵一首新月派的小诗。她身材高挑，脸型和五官都可谓棱角分明，或许这就是她们选她扮演李尔王的原因。只可惜她太过纤瘦，我很难想象她要如何在最后一幕抱着考狄利娅的尸体走向观众，恐怕是要用假人来代替，或是索性换个大团圆的版本来演。

当然，这并不是我该担心的事情。

走进那幢学生轻易不愿靠近的建筑，我来到了位于二层最西端的教务主任办公室门前。

那是一扇相当厚重的门，可能是用柚木做的，漆成了焦糖色，几乎能隔绝所有动静。站在门外，只能依稀听到有训斥声从里面传来。

我敲了敲门，来开门的女学生看上去只有十三四岁。

她的脸上挂满了水珠，其中应该也有一些是眼泪。制服上衣那立起来的领口也被濡湿了，变成了更深的灰色。她那一头短发有些凌乱，刘海湿嗒嗒的趴在额头上，看上去狼狈极了。

开门之后，女孩把头深深地垂了下去，竭力避开我的视线，水珠一滴一滴落在了酒红色的地板上。

她侧过身，让我先进去，又在我身后重新掩上了门。

这所教会学校名义上的校长是个来自葡萄牙的修女。那位修女虽然精通七国语言，还能读拉丁语，却偏偏不懂中文，所以她的日常工作不过是自己一个人祈祷，以及带领全校师生一起祈祷；至于学校的具体事务，则全都交给了教务主任程女士。

程女士已年逾四十，虽然从未结过婚，却将自己打扮得像个刚刚痛失丈夫的寡妇。

她穿着一袭漆黑的连衣裙，我敢肯定是她出生之前流行过的款式。挂在她胸前的煤精坠子，形状活像一口棺材。她的腰间束着一条手指宽的皮带，脖子上系着丝巾，不论什么季节都戴着一副真丝手套，也无一例外都是黑色的，只是深浅略有区别。如果她摘下金丝眼镜，换上一张网眼细密的黑面纱，就更像是维多利亚时代小说里的角色了。

见我进来，程女士起身，向我轻轻点头，然后看向那个湿漉漉的女孩，厉声说道：

"今天我有客人，算你走运，回去把校规抄二十遍。再让我看到你涂脂傅粉，可就不是给你洗洗脸这么简单了。"

女孩哆嗦着、连连称是，一步步退到门边，行了个屈膝礼之后就打开门逃走了。

我有些好奇，"她若再犯，你打算怎么罚她呢？"

"还能怎么样呢，只好请她在全校师生面前表演卸妆了。"她似乎是想开个玩笑，无奈那张脸上没有一丝笑纹，只让我觉得瘆人。"我们圣德兰从不体罚学生。"

程女士应该没有说谎。毕竟在她看来，揪着学生的头发、把那张化了妆的小脸按在水盆里，根本就算不上体罚，一如这么做的警察也不会承认自己是在拷问嫌犯。

她端起办公桌上那个盛着水的搪瓷脸盆，放在地上，重新坐好，并示意我坐在墙边的椅子上。

"刘小姐专程过来，就是为了问这个？"

"那不至于，我又不是教育部的钦差。"我说，"有人拜托我寻找一个贵校的学生。"

"我们这里的学生，难道是四年三班的岑树萱？"

我点了点头。看来学校这边也知道她失踪的事情了。

"是不是她父亲拜托你找她的？"

对此我不置可否，只是等她继续说下去。

"这个岑树萱是住宿生。"程女士说，"差不多两个礼拜之前，被她父亲接了回去，说是老家那边有事，要请几天假，但没有办退宿手续，也没说要休学。结果就在上周日晚上，她父亲忽然打电话到学校来，问她在不在宿舍。"

"当时她在吗？"

"当然不在。"

"是谁接到了这通电话？"

"是门房接的，然后转给了舍监。"

"我倒是听说岑树萱在周日晚上回过学校一趟。"

"我没有听说。如果她回到了宿舍，舍监应该知道才对。但舍监什么都没向我报告。"

"我也只是听说而已，正准备找她的室友确认一下。"

"岑树萱的室友我记得是叫……"程女士想了十来秒钟，最后还是放弃了，起身走向立在墙边的书架，取下一本黑色封面的册子,翻找了一会儿,终于说出一个名字,"李舜颜。没错,就是她。"

"她现在在宿舍吗?"

"李舜颜是音乐生,这个时间应该在琴房。只要她没有偷懒,你去音乐楼那边就能找到她了。"

"关于岑树萱,你印象如何?"

"没什么印象。"她说得很真诚,也很露骨。"她不是什么引人注目的学生,既没有因为什么事情被表彰过,也从没到我这里来挨过训。老实说,我根本不记得她长什么样子。会记住这个名字,仅仅是因为她明明被家里人接走了,家里人却又在找她。我只希望她没做出什么有损学校名誉的事情来。"

"还有一件事我有点在意。我听说岑树萱家在仓历路上开了家电影院,一家人就住在电影院楼上。那样的话,步行到学校也只用十分钟而已,她为什么要住校呢?"

"我们这里只有音乐生强制住校,所以宿舍空出了很多床位。不管是谁,只要得到父母同意,递交一个申请,再缴一笔费用,都可以成为住宿生。电影院那种地方,直到深更半夜都吵闹得很。也许她只是想换个安静点的环境。"

"顺便问一句,你对葛令仪这个学生的印象怎么样?"

"葛令仪?"听到这个名字,她的眉头紧紧地蹙在了一起,嘴角微微抽搐,呼吸也变得沉重了起来。我猜,土耳其苏丹读到扎波罗热哥萨克首领的回信时,也不过就是这样的反应。"为什么会问起她?"

"我听说岑树萱跟葛令仪关系不错。有人看到过她们两个一起逛街买衣服,还在照相馆拍了合影。"

"真的吗?"

我当然不可能拿出那张照片给程女士看,哪怕是为她的心脏考虑也不应该,所以只是应了一句"听说而已"。

"若真是这样,那实在是糟透了。"

她退了两步,跌坐在椅子上,两眼直直地看着挂在书架旁的挂历。如今已经很难买到像这样不把周日印成红字的挂历了。

"如果她跟葛令仪走得很近,那还真有可能干出什么有损学校声誉的事情来——必须尽快找到她才行。"

虽然程女士没有正面回答我的问题,我也已经知道了她对葛令仪的看法。

3

    找到音乐楼并不困难，因为它紧邻着玻璃温室。

    温室的南北墙都设有巨大的落地窗，天花板上也嵌着几块玻璃，一看便知造价不菲。靠窗种着各色球根植物，中间则是几株热带树木，树下摆了两张圆桌。只是此时里面空无一人，毕竟满园春色就在温室之外。

    相比之下，音乐楼只是座橙黄色的二层小筑，与我刚刚去过的办公楼没什么区别，偏偏又建在温室旁边，让人很难提起兴趣多看它几眼。

    正巧这时有两个女生并排走出音乐楼。她们手挽着手，另一只手里抱着乐谱，应该也是音乐生，我便向她们打听了李舜颜的所在。

    "她在四号琴房，一进门左边第三间就是。"

    琴房的门远远不似教务主任办公室的那般厚重。走廊里琴声四溢，就像是一整锅烧开了的水，正在盖子底下拼命地扑腾着。

    我来到四号琴房门口，从里面传出来的旋律还算悦耳。如果没有三号琴房里传来的噪音搅局，应该会更悦耳才对。我没记错的话，那是萧邦①的《船歌》。如果里面的人弹的是悲多汶②的《槌子键琴》，我大概会直接打断她。好在《船歌》不算很长，我有耐心等。

可惜我的等待并未换来尊重，当我终于敲响了那扇门，没人过来给我开门，只得到了一句冷冰冰的"进来吧"。

我走进那个狭窄的小房间，里面放着一台立式钢琴，一个琴凳，地上铺着枯黄的木地板，惨白的墙壁上什么都没有悬挂。一个小得可怜的灯泡从天花板垂下来，此时没有亮起。如果关上门，外面的光与空气就只能通过北墙上的一个小窗子渗透进来。

借着昏暗的光线，我看清了钢琴前的女孩。

她没有站起身来，而是坐到了琴凳左侧的窄边，身子侧对着钢琴，转过头来看向我这边。女孩生着一双天真无邪的眼睛和一个敦厚老实的鼻子，一边的嘴角却执拗地向下撇着，显得刻薄寡恩。如果她脸上的五官是一家人，它们的生活一定相当精彩而不幸。她没有将一头长发束起，几缕微卷的发丝垂到了胸前，其余的则散在背后。

那件浅灰色的制服穿在她身上很合适，至少比穿在葛令仪身上合适。

钢琴的谱架上摊放着一本乐谱，上面写满了笔记。钢琴上方还摆着一本倭铿③的《人生之意义与价值》，应该也是她带过来的。书里夹着一支铅笔，下面则压着一条水蓝色的缎带。

我忽然觉得，若有好事者要编一本带插图的辞典，困扰于如何写"女学生"的条目，只消将我眼前的画面拍成照片，收录进

---

① 今多译为"肖邦"。
② 今多译为"贝多芬"。
③ 今多译为"奥伊肯"，德国哲学家。

去，便已胜过千言万语。

"你是岑树萱的室友吗？"

"我是。"她说。看来她就是李舜颜了。

"有人拜托我寻找你室友。"

我从手提包里取出一张名片递给她，她只是瞥了一眼，没有伸手去接，然后就转过身去，重新对着钢琴坐好，脚也放回到了踏板上面。

"是葛令仪教你来的吧？"

"为什么这么觉得？"

"学校那边不会这么关心一个学生的死活。她家里是开电影院的，在省城总归有些人脉，不到迫不得已，也不会去请私家侦探帮忙。所以只能是葛令仪了。"

说完，李舜颜就背对着我再次按下了琴键，弹的还是那首《船歌》，只是触键时没那么用力，让琴声刚好能跟隔壁的噪音相抗衡，又不至于遮住我们的对话。

"看来你室友除了葛令仪之外，在学校里没什么朋友。"

"的确是这样。"她说，"虽然我并不觉得她拿葛令仪当朋友。"

"你好像不怎么喜欢你室友。"

"确实不怎么喜欢，但也不觉得讨厌。其他人应该也是这么看待她的——葛令仪除外。"

"你好像也不怎么喜欢葛令仪。"

"没错，我很讨厌她。"

"我们还是来聊聊你室友吧。你最后一次见到她是什么时候？"

"上周日晚上。她回来过一趟。"

"'回来'是说她回到宿舍了?"

"算是吧。"李舜颜停顿了一下,指尖下的音乐却没有间断。"不过她没有进到宿舍楼里面来。我们住在一层,她只是从外面敲了敲窗户,让我把她的一样东西递给她。拿到东西之后她就走了。"

岑树萱当时没有进入宿舍楼,难怪舍监不知情。

"她有没有说之后要去哪里?"

"没有,她连句谢谢都没说。"

"她让你递了什么东西,方便告诉我吗?"

"没什么不方便的。一个木头匣子而已,有点像陪嫁用的首饰盒,看着有一定的年头了。正面有个抽屉,从上面应该也能打开。外面加了一把铜锁。"

她说得很详尽,一定是仔细观察过,只可惜对于这类物件她的知识实在有限,只能讲出这么多来。相比朝夕相对的室友,李舜颜似乎对这个木匣子更有兴趣。

"你知道里面装了什么吗?"

"没见她打开过。递给她的时候倒是听到里面有很清脆的声响,像是金银玉器碰撞在一起。大概是些首饰吧。"

"你们是从什么时候开始做室友的?"

"不到一年前。她是从去年六月开始住校的。"

"岑树萱家离学校不远,却选择住校,这里面有什么缘由吗?"

"我不清楚,也没听她提起过。"她的语气有些不耐烦,却没有就此打住。"不过住校的理由,无非就是那些吧。要么是家住得太远,要么是家里太吵闹,要么是跟家人不合——反正她不是音乐生。"

"如果方便，我想去一趟你们宿舍，说不定能找到什么线索。"

"我倒是不介意，反正那里什么也没有。只要舍监没意见……"

"我已经跟你们教务主任打过招呼了，舍监应该不会阻拦。"

"也好。正好今天我也不想再练琴了。"

李舜颜停止演奏，阖上了琴盖，起身把那条水蓝色的缎带从书底下抽出来，用它将长发束在脑后，又拿起乐谱和书，抱在胸前。

这时，夹在书里的铅笔掉落在地，滚到了我脚边。

她站在原地，看了看我，又看了看地上的铅笔，似乎是想让我替她捡起来。

然而她并不是出钱雇我的人，我也不喜欢被人用眼神使唤，只好装作什么都没看见，转身开门离开了四号琴房。

来到室外，李舜颜走在我后面，跟我保持着不到一米的距离。我很清楚，她不会主动跟我搭话，这辈子都不会。

"我刚刚是不是应该先夸奖你钢琴弹得不错。"

"没这个必要吧。"她毫不客气地说。能如此轻易地表示轻蔑，正是她这个年纪的特权。她们还不会因过于露骨地表达情感而付出什么代价。"我当然知道自己弹得怎么样。就算被外行人夸奖，也不会觉得开心。"

"那如果被外行人批评了呢，会生气吗？"

"当然会生气了。"

"你这样岂不是很不划算。生气的时候很多，开心的时候却几乎没有。"

"确实很不划算。那我应该怎么样呢？"

"不如欣然接受我这个外行人的夸奖。你弹得挺好的,至少比隔壁三号琴房的那位强多了。"

"刘小姐,恕我直言,你真的很不会夸人。"

"这也算是职业病吧。"我说,"做我这行,免不了要向人打听各种事情。很少有人被恭维几句就说出实话,反倒是被激怒之后才会口吐真言。"

"你跟葛令仪也是这样打交道的?她可比我更容易被冒犯。"

"学校里有什么人冒犯过她吗?"

"那真是多到数不过来,虽然大多只是她自己觉得被冒犯了而已。"说到这里,李舜颜像是忽然有了兴致,加快脚步凑到我身边。"葛令仪好像很向往欧洲贵族夫人,尤其向往她们的沙龙文化。她喜欢那种被一群人簇拥着的感觉。放学之后,她经常会邀请一大帮同学聚在温室里开茶话会,各个年级的人都有……"

"在我们刚经过的那个温室?"

"对,就是那里。她会准备些高级点心,还有上等的红茶。我也不知道她是怎么把那些东西弄进学校的。受邀参加的人如果运气好,还能从她那里得到各种礼物,文具、摆件、化妆品,听说还有人拿到过美钞。送什么全看她的心情。周末她还会带着她的跟班们去喝咖啡、看电影,也都是花她的钱。"

难怪程女士听到葛令仪的名字会如临大敌,险些犯了神经衰弱——对于一个生活在维多利亚时代的老处女来说,这类法国贵族的行事风格未免有些刺激。

"她这么破费,一定很受同学欢迎吧?"

"才没有呢。"李舜颜再一次露骨地表示了她的不屑。"葛令仪是个很难伺候的人,不管是谁,只要一言不合,就会被逐出那个小圈子。刚建立起的脆弱友谊,也就这么灰飞烟灭了,因此得罪了不少人。她周围的人换了一拨又一拨，一直留在她身边的就只有岑树萱了。"

"你室友很会讨葛令仪的欢心吗？"

"不，我不觉得。她只是很少说话罢了，当然也就不会有'一言不合'的时候了。葛令仪那么中意她，可能就像是喜欢一件漂亮但没有生命的东西。"

圣德兰的宿舍楼也是栋无甚可观的二层建筑，黄墙、朱瓦、绿窗，默默地坐落在学校的西北角。

楼外没有单独的围墙，只是种了几圈树木，隔出了一个天然的院落。院子里设有石桌椅和爬满葡萄藤的架子。周围的树木大多是蔷薇科的，如今正是最繁盛的时节。楼前还对称地种着两株玉兰，已经过了花期。

宿舍楼的入口正对着舍监室，任何人的出入都会引起舍监的注意。我很自觉地走进了那扇洞开着的房门。

舍监比我想象得年轻许多，最多不过二十岁。她耷拉着眉毛，面颊和嘴唇都毫无血色，仿佛大病初愈一般，坐在一张硬木的办公桌后面，无精打采地织着毛衣。

或许是为了迎合程女士的趣味，舍监也是一副维多利亚时代的打扮。不过，同样是黑色的连衣裙，穿在她身上并不会让人联想到寡妇，只会觉得像个苦命的家庭教师，刚刚到一幢随时可能闹鬼的老宅赴任。

在舍监旁边还坐着一个女孩，分明是刚刚被程女士训斥过的那位。她已经擦过了脸，头发也重新梳过了，只是衣领处仍留有水痕。此时正握着一支自来水笔，对着本铅印的校规一笔一画地抄写着。

我向舍监递上一张名片，说明了原委。

"我听说过你，刘小姐。"她的嗓音也很稚嫩，透着一股书卷气，想来没碰过烟、没沾过酒，也没经历过世事。"你是不是帮学校办理过案子？"

"谈不上是办理案子，只是找回了一笔钱而已。"

她看了一眼我身边的李舜颜，又将视线转到我这里来。"既然程女士同意了，那就请便吧。只有一个要求，不许拍照。"

"放心，我只有捉奸的时候才会带上相机。"

说着，我将手提包打开，拿给她检查。

值得庆幸的是，今天我没有一时兴起带上那把左轮手枪，否则她大约会以为我是来打劫的。她也没有对我从美国带回来的黄铜指虎表现出应有的好奇。她若问起，我准备骗她说那是我闲来无事时锻炼握力用的。好在她什么也没问。

离开舍监室，李舜颜领着我去了她和岑树萱的宿舍。

那是个背阴的房间，没比琴房大出多少。它的布置不知是追慕着"天然去雕饰"的美学，还是深信着"装饰即罪恶"的教条，全然不像是富家小姐的闺房。紧挨窗子摆着两个破旧的书桌，靠着东西墙各放了两张床，铺上了我只在医院里见过的白色床单。除此之外就只有衣柜和放脸盆的架子了。天花板上有个带罩子的灯，桌上却没有台灯，这也就意味着她们晚上只能背着光完成作业，实在是个愚蠢至极的设计。

不过，看到那水蓝色的爱国布裁成的窗帘，我又觉得圣德兰的确对得起贵族学校的名号。毕竟在公立学校，女学生的制服上衣用的就是这样的布匹，在这里却只配做成窗帘。

李舜颜把乐谱和书放在了左边的桌子上。

她的桌上，紧贴窗台立着一排书，开本各异，最大的几册明显是乐谱，另外就是些喜欢倭铿的人也会喜欢的哲理读物。

或许是为了将一排书固定住、不令其东倒西歪，李舜颜在左右两端各放了一册砖头。一本是曾被《浮华世界》的女主角丢出马车的英文辞典，另一本则是钦定版圣经。还有几本书平放在桌面上，摆在最上面的是里敦斯特莱切的《维多利亚名人传》，那一定是她们英文课的教科书，因为旁边岑树萱的桌子上也有本一模一样的。

岑树萱的书全都平躺着堆在桌上。除去课本和明显是充当教科书用的英文读物，她的藏书全无规律可言，就像是在书店里闭着眼睛购买的。里面既有丁尼生悼念友人的诗集，也有扫叶山房刊行的石印本《正续词选》，甚至还有本左翼文人写的三角恋爱小说。

"你室友的兴趣还真广泛。"

"你是说这些书吗？"她瞥了一眼旁边那张桌子，"肯定都是葛令仪送给她的，只能代表葛大小姐的兴趣罢了。"

"和葛小姐这样的人做朋友应该很累吧，要迎合她的兴趣实在太难了。"

"我想也没有那么困难，只要你对什么都不感兴趣就好了。"

"就像你室友那样？"

"对，就像我室友那样。"她将那本《人生之意义与价值》插进那排立着的书里，放在一本张东荪翻译的《创化论》旁边。"有时候会想，究竟是不是所有人都有意识和自由意志，还是说只有一部分人有，另一些人只是被某种类似物理法则的东西支配着、像行尸走肉一样活着。"

"'有时候'是指看到岑树萱的时候？"

"对。"

"如果她真的没有意识和自由意志，我翻看她的东西她也不会介意吧。"

"我猜你什么都找不到。"她说,"我好歹跟岑树萱做了快一年的室友,对她还是有一点了解的。她不记日记,不写信,不去舍监那里借电话联络家里,周末也从不回家。每次离开学校都是跟葛令仪一起。柜子里的衣服除了几件从家里拿来的,都是葛令仪送她的。这些书也是。如果抽屉里有什么小物件,一定也是葛令仪花钱买的……你查看过她的东西之后,会增进许多对葛令仪的了解;而对于我的室友,很可能还是一无所知。"

"你之前提到的那个小匣子不是葛令仪给她的吧?"

"应该不是。那是她住进来的时候就带过来的,当时她还没有加入葛令仪的圈子。"

结果正如李舜颜预言的那样,我查看了岑树萱的衣柜、抽屉,翻看她的每一册藏书和作业本,结果一无所获,甚至没发现她写下的任何一个汉字。在这所全以英文授课的教会学校里,这倒也不足为奇。她写在作业本上的英文字母都僵硬得近乎印刷体,里面既看不出人情味,也不包含任何关乎她个人的内容。

"她以前把那个小匣子放在什么地方?"

"衣柜里。我从来没见她拿出来过。"

"她特地回来取它,还选了种不会惊动舍监的方式,那个小匣子对她来说应该很重要,或是马上就要用到它。"

"也许她要嫁人了吧。"李舜颜说,"那说不定是她母亲留给她的嫁妆。我听说她母亲几年前就去世了。"

"如果是要嫁人,为什么没有告诉葛令仪呢?"

"我若是她,也会瞒着葛令仪的。那位葛大小姐,好不容易找到一个对自己百依百顺的跟班,听说她要结婚,自然是要万般阻挠的。所以还是瞒着为好。刘小姐,我奉劝你一句。如果真的是葛令仪拜托你去找她的，还是就此收手吧，再查下去对谁都没有好处。"

说完这番话，李舜颜拉上窗帘，又打开了房间里唯一的那盏灯，回到书桌前坐好，摊开那本《维多利亚名人传》，低声朗读了起来。

我只好将这理解为对我的逐客令，就简单地说了句"我先回去了"，又表示了感谢。李舜颜没有中断朗读，只是抬起左手摆了几下，权当是道别了。

离开的时候，我再次路过舍监室，那个不幸的女孩还没有抄完校规。可能是觉得她还不够悲惨，舍监将一根毛衣针抵在纸上，指出了一个错字。她长叹了一口气，默默地换了一张纸，重新开始抄写。

"对了，"我问舍监，"我听说上周日晚上岑树萱的父亲打过电话到这边来，当时是你接的吗？"

"是我。"她继续低头打着毛衣，随口应付道，"我如实跟他说了，他女儿不在学校。"

我又向舍监问起了对岑树萱的印象。

"她很安静，如果所有住宿生都像她一样安静就好了。"

"这里平时很吵闹？"

"那群爱折腾的还没有回来，等她们回来可就热闹了。"

可惜那热闹我无缘得见。

我走出宿舍楼时，夕阳投下的树影已铺满院落。此番调查不算全无收获，至少让我对要找寻的岑树萱有了些初步的了解，这了解便是：似乎没有人真的了解她。

沿着漫长的回廊一路走到校门口，我向门房打了声招呼。

门房是个年近六十的跛子，眼睛也瞎了一只，很像一个《悲惨世界》里的人物。就算他全力奔跑起来，怕是也追不上一个女学生，因而校方才放心地任用了他。当然，如果学校里真的闯进什么歹人，他唯一能做的也不过是用桌上的电话机报警而已。

此时他正斜靠在藤椅子上，抽着烟袋锅子，点的是极劣质的烟丝，那气味连我这个老烟民都觉得呛鼻。

"周日晚上有个学生进过学校，很快就出来了，你有印象吗？"

他吐了口烟，缓缓地回答了一句，"周日的事情谁还记得啊。"

我很清楚，对于这种人，铜子儿显然比名片更有用。他接过我递过去的零钱，十分爽快地翻开了记录簿，并在四月八日那栏找到了岑树萱的名字。

"我想起来了。是有个女生进来过一趟，说是有东西忘在了学校。我让她留下名字之后就放她进去了。"

"她出来的时候手里拿着什么东西吗？"

"拿了个四四方方的东西，天黑我没看清。"

"那天晚上还有人打电话到学校里来，是吗？"

"让我想想，"他抬起头来看了看我，似乎是还想要钱，见我迟迟不给也就不再做指望，老实地回答道，"有个男人打过来，自称是住宿生的父亲。隔三岔五就有这种电话打过来，我直接转给舍监了。"

"你没问他是谁的父亲？"

"他没说，我也没问。"

"也没把岑树萱来学校的事情报告给教务主任？"

"一个学生到学校拿东西，又不是什么新鲜事，为什么要报告？"

看来没有人告诉他岑树萱失踪的事情，他大概也没兴趣知道。

我渐渐发现了，圣德兰女校真正的门面，并不是涂着朱漆的大门，也不是从围墙外就能望见的教堂和钟楼，而是眼前这个其貌不扬的老男人。任何一个到访者只要见到这位门房先生，就应该明白，尽管这里有个葡萄牙修女做校长，校名也来自一个西班牙圣女，却终究是一所中国人的学校。

4

仓历路上的金凤凰大戏院远远看去像是一座教堂,甚至比圣德兰女校里那座真正的教堂更威严些。只不过,立在屋顶上的不是十字架,而是个在夕阳下闪着刺眼金光的风向鸡,或许这就是"金凤凰"之名的由来。

然而一旦走近些,所有的好印象就荡然无存了。

疙疙瘩瘩的外壁被漆成了土黄色,是所谓的地中海风格。墙壁上污垢随处可见,也不乏稚拙的涂鸦。山墙上原本画着西洋风格的彩绘,早已剥蚀殆尽,看不出原本画了些什么。就连颜体字的巨大招牌上,"金"字也缺掉了左边的一个点,变成"全凤凰大戏院"也只是时间问题了。

对开的大门上挂着一把锁,门板上贴着张黄纸,极其敷衍地写上了"歇业"二字。

门边的墙上贴了一整排米高梅公司的新作《人猿泰山》的海报。海报上一个半裸的男人一手抓着树上垂下的藤蔓,一手抱着个张大了嘴巴的金发女郎,下面还印着一行小字:"四月五日上映,敬请期待"。一番宣传之下,到头来还是失了约。

绕到影院背后的小巷子里,我找到了一条通往二楼的铁楼梯。楼梯尽头是一扇小铁门,门前有个几公尺见方的平台。

有两个男人守在门前。其中一个膀大腰圆,穿了件黑大衫。

他一脸横肉和胡茬，头发油腻腻地打了绺。此时正蹲坐在地，用一双凶恶的眼睛死死盯着我。另一个则瘦得像个大烟鬼，眼窝和脸颊都深深地凹陷了下去，额头上还有一道疤。一套深灰色的帆布西服松松垮垮地罩在他身上。那西装像是经过了无数次的漂洗，很多地方都褪了色。他百无聊赖地倚靠在墙上，一条腿不停地晃动着，脚边是一地的烟头和火柴棍。

见我过来，瘦男人开口了，露出一嘴的烂牙：

"你是这家的什么人？"

"我只是来催债的。"

说着，我取出口袋里那包抽掉了一半的哈德门牌香烟，递到他面前。

他伸出两根被熏成焦黄色的手指，取走了一根烟，叼在嘴里，又从西服口袋里拿出一盒瑞典火柴，擦亮了一根把烟点上，猛吸了几口，然后将我上下打量了一番。

"我可没听说过还有女人做我们这一行。"

"姓岑的还欠了你家老板的钱？"

"也欠了你家的？"

我点了点头。

"我们在这儿守了几天，岑家的人是一个也没见到，反倒是替其他老板催债的来了好几个。这个姓岑的也算是有点本事，能欠下这么多钱。"

"他欠你家老板多少？"

"两千。"

"那八成是去倒腾股票或者公债了。"我说，"这两年到处都不景气，做什么买卖都亏本。在这个时候跑去做投机生意，免不了赔个倾家荡产。"

"我家老板也是上了他的当,想着他在省城有搬不走的产业,不会就这么逃掉。结果前几天一打听才知道,这个姓岑的早就把影院抵押给了银行,从那边也借了一大笔钱。"

"他会不会逃回老家去了?"

"这我们也打听过了,他老家正闹土匪呢。除非是不要命了,否则不会往那边跑。我们老板说他十有八九还在省城,就是不知道躲在哪里。"

"就算能找到人,也未必能要回钱吧?"

"他还有个女儿,不行就拿他女儿抵债。"

"他女儿值得了两千元吗?"

"一千块钱总归是有的,至少能挽回一点损失。"他冷笑了一声,把只剩一小截的香烟扔在地上踩灭。"寻常人家的女孩,卖到咸肉庄去,自然是换不了几个钱。他女儿可不一样,听说是圣德兰的学生。如今这世道什么都缺,就是不缺那种赶时髦的土财主,一个个都想娶个洋学堂的女学生做小老婆。他们会出不起这笔彩礼钱吗?"

"我倒是有个更好的主意。"我说,"你们若是找到了他女儿,不妨卖给葛天锡的侄女。她跟岑家的女儿关系不错,为了救姐妹于水火,肯定愿意出笔大价钱。"

"你从哪里知道的?"

我没有回答,只是为自己抽出一支香烟,叼在嘴里,又从包里取出煤油打火机,点上了火。他一直盯着我的打火机看,也许是想认出刻在上面的拉丁字母,也有可能是在分辨白银的成色,经过这番观察,他在心里一定给它估了价,而且应该是个好价钱。

"这可是高级货,"他指了指我的打火机,"干我们这行的很少有人用得起。你到底在替谁做事？"

"这你就不用知道了，不过我有个小小的忠告。姓岑的那条老狗，没人在乎他的死活，你们随便处置。但如果伤到了葛小姐的朋友，那可不是两千块钱就能摆平的。"

说完，我就转身走下了楼梯。

他还在背后跟同伙议论着，话音压得很低，但还是被我听到了。

——这女人八成是葛家派来的，姓岑的要倒大霉了。

我喜欢和像他这样的人打交道。识货且想象力丰富的人是最容易哄骗的，只消取出一根烟、一只打火机，就能让他们开口或闭嘴。而在对付另外一些人的时候，要亮出那把同样银光闪闪的柯尔特左轮，才能勉强达到同样的效果。

既然知道岑树萱的父亲欠了债，要顺着这条线索打听，倒也容易。

沿着仓历路走到河边，很快就回到了我那间侦探社。但我没有开门进去，而是去拜访了我的邻居丁三。

丁三在楼下开了家零兑钱庄，做些兑换钞票、银圆和铜子儿的生意，也兼卖些南北杂货。不过那家门店至多不过是个幌子，他最主要的营生，都是在二楼的住所进行的。说来也巧，我第一次见到丁三，就猜测他一定做着放债的生意。倒不是因为我擅长福尔摩斯式的妄想，仅仅是因为他生了个犹太人一样的鼻子。

那些想问他借债的，若是熟客，就会径直去到二楼；至于第一次来的，则要楼下的伙计领到楼上来。我在侦探社里，如果听到有两三个人一起上楼的脚步声，还夹杂着"这边请""您慢些"一类的客气话，便知道是丁三那边来了客人。

来到那扇暗红色的门口，依稀能听到里面有人在说话，但我还是敲了门。

出来迎接我的是个看上去只有十三四岁的伙计,他说他家老板那边还有别的客人,让我稍等一会儿。

我就点着了烟,站在门口等。过了两支烟的工夫,门再次打开了,走出来一个西服革履的中年人,板着一张生满麻子的脸,却也难掩喜色。他的右手里揽着个鼓胀的皮包。刚刚开门的伙计跟在他后面,像是准备一路送到楼下去。

门没有关上,我掐灭烟,直接走了进去。

我的邻居丁三正缩在一把红木椅子上,两手插在藏青色的马褂袖口里,像是怕冷,却又像盛夏时节的哈巴狗一样大口喘着气。见我进门,他象征性地起身迎接,我在旁边的椅子上坐下,他也跟着坐了回去。

靠近之后,我发现他嘴唇干裂,鼻头红肿,面色枯黄,额头和下巴上生着疹子,比上次见到他时憔悴了不少。想来是最近举债的人太多,忙成了这副样子。国家再这么不景气下去,只怕丁三和他的同行们都要操劳而死了。

他开口之前先咳嗽了几声,好不容易挤出一口痰来,拿起桌上的茶碗吐在了里面。可惜我不是医生,不能给他开一副祛痰清肺的方子。

"刘小姐大驾光临,有什么需要尽管说。"他的声音仍像是被什么东西阻塞着一般,"我们也是好几年的邻居了,要借多少都好商量。"

"丁老板觉得我急着用钱?"

"来我这里总不会是为了吃斋念佛吧。还是说,想让我帮你介绍生意?"

"我想打听一下,开电影院的岑老板有没有问你借过钱?"

"你是说金凤凰大戏院的那位?"丁三往我这边凑了凑,一只手扶在我们中间的小方桌边沿。"上个月他来过一趟,但我没借给他。"

"他打算借多少?"

"这我怎么会记得,反正不是个小数目。"

"你为什么没借给他呢?"

"因为我知道他还不上。而且我还听说,他也问其他人借了钱。"

"他为什么这么缺钱?"

"还不是因为影院生意惨淡,做投机生意又赔了钱。去年七感路上新开了家影院,设备比他们家的新,装修比他们家的好,就连椅子都比他们家的舒服。有了新片,也是那边抢先上映,等风头过了才轮到他们家。你说金凤凰的生意能好吗?"

"丁老板去过那家新影院了?"

"我没去过,都是听店里的伙计说的。他们年轻人爱看电影,我不爱看。一群人挤在一个黑漆漆的屋子里,有什么意思?况且票钱也不便宜……"

"还是你有先见之明,没有借钱给他。刚刚我去了一趟金凤凰那边。影院已经关了,听说是被抵押给了银行。姓岑的一家子也逃债去了。"

"是其他钱庄的人雇你去找他的?"

"差不多吧。"不露声色地扯谎也是我工作的一部分。"我还想着如果他也欠了你的钱,找到人之后先带到你这边来,让他还清欠你的款子之后,再去向那边交差。你没借钱给他就好。"

"这个姓岑的欠了一屁股债,肯定不好找。"他说,"他们影院以前的经理,倒是跟我这边有些来往。因为影院生意不好,这位胡经理被姓岑的给解了聘,后来就自甘堕落,又是喝酒,又是赌钱,把积蓄都糟蹋光了,走投无路的时候到我这里借过钱。反正他要的数目不多,我就借给他了,他也一直在还利息。至于收回本金,我已经不指望了。"

"我在哪里能找到这位胡经理呢?"

"要找他这种人还不容易?"

"那倒也是。敢问他经常光顾哪家酒馆?"

"不成乡。"丁三没好气地说,"这酒馆名字取得实在是妙,整个省城里最不成器的一帮人全都聚在那鬼地方,醉生梦死,花的却是问我们借来的钱。"

5

丁三说的那家酒馆在息姊路上，走过去嫌远，乘公共汽车又对不起等车的时间，于是我找了一辆停在街边等活儿的人力车。车夫坐地起价，我也懒得和他纠缠，直接递过去三张一角钱的票子。反正这笔交通费事后可以问葛令仪要，并不觉得心疼。

来到酒馆门口，太阳已几乎落了山，整座城市被染成一种令人昏昏欲睡的深紫色。街边破败的房屋投在石板路上的影子，也渐渐消融在夜色之中。路上倒也有那么一两盏路灯，却迟迟不肯亮起。

虽然店名"不成乡"听着很大气，店面却小得可怜，只能摆下五六张桌子，每桌也只能供四五个人围坐。

店里只有柜台附近挂着盏电灯，但也没比严监生病榻前的油灯亮出多少。灯罩就像块用了二十年的抹布，满是油污，早已看不出原本的颜色了。地板和桌面上也全都油腻腻的，仿佛他们卖给客人喝的不是酒水，而是捞出了渣滓的猪油。

店里人还不多，只坐了三桌客人。

见我进门，堂倌一脸堆笑地迎了过来。

"您一个人？"

"我想找个人。"

他脸上的笑容缓缓地消失了。"您找哪位？"

"胡经理。"我说,"金凤凰大戏院的胡经理。"

"您来得太早了,他还没到。"

"他今天会来吗?"

"会,当然会。胡经理每天都来。"

"那我坐下等他吧。等胡经理来了,麻烦你领着他过来一趟。"

听到这里,堂倌一时面露难色。不过,在我递过去几个铜子儿之后,他那一脸愁容登时就烟消云散了,一边连连称是,将我安排在了一个靠窗子的座位上。

那或许是整家店里风景最好的位置了,虽然放眼望去,窗外只有一条泥泞的陋巷,还能看到一条野狗正在垃圾堆里觅食。

"您要先来点什么吗?"

"你们这里卖得最好的酒,给我来一瓶。"

很快,他就给我端来了他们店里最受欢迎的"醉流霞",装在一个白瓷瓶子里,还配了个青绿色的小酒盅。瓶子和酒盅看着都有些陈旧,也不是很干净。

我给自己倒了一杯,入口之后只觉得辛辣,其他味道则一并被掩盖了。至少在我的标准里,这很难称得上是酒,更对不起"醉流霞"一类古雅的名字,至多不过是羼了水的酒精罢了,说不定俄国人会喜欢。

我百无聊赖地环视着这座醉鬼的展览馆,权当是打发时间。他们或是拍着桌子唱起不入耳的小曲,或是躺倒在自己的呕吐物里沉沉睡去,要么就是扯着嗓子聊天,吹嘘自己临时编造的犯罪经历,继而再扯出一些更加不着边际的犯罪计划——杀掉妻子或是抢劫银行。不过,即便是最勤勉的便衣警察,也不屑于偷听这些豪言壮语。毕竟任是谁都知道,跑到这种地方来喝酒的,有一个算一个都是懦夫，注定什么也做不成。

或许，这家阴暗、逼仄、散发着种种恶臭的小酒馆，反倒是整座省城里最安全的地方。

很快，酒客们的目光就集中到我这边来了。这也难怪。在他们的印象里，会光顾这里的女人就只有找寻生意的暗娼了，偏偏我不论怎么看都不像是个暗娼。他们的眼睛里没有恶意，却也着实令人恶心，那种感觉就像是在用眼球舔我的脸。

终于，一个可能是胡经理的人出现在了门口。堂倌没有辜负我的铜子儿和嘱托，将他领了过来。

胡经理看上去四十岁上下，虽然脸上满是胡茬，又刻上了几道沟洫，总体还算斯文，至少肯定斯文过。他穿着一套蓝灰色的哔叽西装，看起来至少两个月没洗过了，手肘处打着麂皮补丁，裤脚上的破洞则任由它破着。头发乱得像个被狂风席卷过的草垛，金丝眼镜的镜片上溅满了油星。

他垂头丧气，还没喝酒精神就有些恍惚了。一双惺忪的睡眼里布满了血丝，眼泡也浮肿着，像是刚刚睡醒，或者根本就没有睡醒。看样子，他的一天才刚刚开始，而我的一天却快要结束了。

在我对面坐下时，他的脸上写满了疑惑与不信任。

"你若是指望我帮你找到岑老板，还是断了这个念想吧。"胡经理迫不及待地说，"我已经半年多没见过他了。"

"有人雇我寻找他女儿。"

我递给他一张名片。他只是扫了一眼，就丢在了桌上。

"是阿柱雇了你？"

我摇了摇头。"阿柱是谁？"

"也对，他怎么可能雇得起你——他雇不起任何人。"他看了一眼桌上的酒瓶，还有几乎满着的酒盅。"你怎么在喝这种东西？"

"听说这是这里销路最好的酒。"

"你也不看看来这里的都是些什么人。"他说得就好像自己不是其中一员。说罢，他就招呼堂倌过来。"把那瓶洋酒拿过来。"

听到这话，堂倌没有立刻答应，还站在原地，给我使了个眼色。我只好十分配合地将一张五角钱的票子拍在桌上，又点了几个下酒的小菜。

很快，堂倌便从柜台下面取出了胡经理所谓的"洋酒"，放在我们桌上，又拿来了两个玻璃杯。摆在我面前的杯子底部留有焦糖色的污垢，杯身上还有几个清晰的手指印。如果这是一件凶器，警方立刻就能凭借指纹缉拿凶手。

我又看了看那瓶酒。那是瓶加拿大产的黑麦威士忌，还剩下不到一半，瓶子被设计得像个装木乃伊的棺材。他们把它藏在柜台下面，很明显是走私货。这倒也符合我对胡经理这类人的认识：发达的时候就喝进口酒、吸进口烟，一旦潦倒落魄了，就从进口的换成走私的，死也不会支持国货。

胡经理倒了一杯给我，又倒了一杯给自己。

我们没有干杯，只是默契地同时喝了一大口。那不算是什么好酒，口感就像是奶油里点了几滴苦胆汁，但也好过我在美国禁酒时期喝过的那些号称是私酿酒的东西。

"现在可以告诉我阿柱是谁了吗？"

"是店里的一个学徒，去年被开除了。"胡经理又呷了一口酒，似乎这能帮助他回忆。"这小子追求过岑小姐。"

"所以被开除了？"

他点了点头。

"是他单方面的追求？"

"应该是吧，岑小姐怎么可能看得上他那种人。"

"我在哪里能找到这位阿柱呢？"

"我不知道他被开除之后去了哪里，只听说是去其他地方做了学徒。小莲说不定知道，你可以去问问她。"

"小莲又是谁？"

"她是电影院的售票员，以前追求过阿柱。这我能肯定，是单方面的那种。"

没想到在这里也能遇到撑起中国文坛半壁江山的三角恋爱故事。

"现在影院倒了，我该怎么找到这位小莲姑娘呢？"

"她家姓邹，在老城一带开了家米店。你去那附近打听一下，不难找到。"

就在这个时候，下酒菜送了过来。我想着不如就在这里解决晚饭，顺便陪这个失意的男人多喝几杯，就又问堂倌要了两个菜，并将那瓶"醉流霞"送给了邻桌的客人。

"能跟我聊聊岑小姐这个人吗？"

"你想知道什么？"

"什么都可以。按照我的经验，越了解一个人就越容易找到她。"

"她不是岑老板的亲生女儿。"

"这信息就很有用。"

"听说是岑夫人的朋友的女儿。他们夫妇一直没孩子，就收养了她。"

"这位岑夫人已经过世了？"

"去世了。三年前生了场急病死的。"

"他们是什么时候收养了她？"

"这我就不清楚了，我认识岑老板是在五年前。当时他刚刚开了金凤凰大戏院。我在上海的影院做会计，懂一点经营，当时正好回省城探亲。朋友把我介绍给了他。他跟我吃了顿饭，就说要雇我做经理。我一开始也没当真，没想到他很爽快地就提前付了半年的工资，让我不要回上海了。然后我就留了下来。"

"那个时候他们已经收养了岑树萱？"

"是啊。当时她看着还很小，特别怕生，总是躲在岑夫人后面。"

"后来呢，性格变开朗了吗？"

"还是老样子。我就没见她主动跟谁说过话。"

"她跟那位小莲姑娘关系如何？"

"她们可是情敌，虽然只是小莲单方面拿岑小姐当情敌。"

"岑小姐就没什么朋友吗？"

"也许在学校那边有吧，只是我不认识。她从没带同学来过自家影院。"胡经理晃了晃那个不太干净的酒杯，将剩下的酒一口灌了下去。"不对，她一定有朋友。否则也不会有人雇你找她。除非你根本不是在找她……"

"我确实在找岑小姐，也确实是她在学校的朋友雇我找她的。但她们成为朋友是最近的事情——是在岑小姐开始住校之后。"

"是她的室友雇了你？"

我没有肯定，也没有否定，只是替他又倒了一杯酒，等待他自己转移话题。

"岑小姐会住进学校宿舍也是因为阿柱。阿柱追求她的事情被老板知道了。"

"看来岑老板很爱护这个养女。"

"是很爱护，但也没那么关心她，更像是怕她惹出什么麻烦。不过以岑小姐那种个性，估计也惹不出什么麻烦。"

"岑老板又是个怎样的人呢？"

"很难一句话说清楚。我知道他以前是个什么样的人，也知道他后来变成了什么样子，可他们真的是同一个人吗？像他们这种老板，都是一个样子，一开始只关心怎么赚钱，赚到一点小钱之后就只想着怎么花了。"

"我并不觉得所有老板都是这样，但这样的人的确很多。"

"他早就不关心影院的经营了，又不愿放权给我，所以金凤凰才会倒掉。"他说话的语调越来越像一个醉鬼，一个丢了工作的醉鬼。"你去过虹光大戏院吗？"

"你是说七感路上新开的那家？还没有去过。"

我唯一的朋友白卡萝供职的报社，跟那家影院只隔了几条街。她也约过我几次，只是很不凑巧，全都赶上了我有生意要做的时候。

"你真应该去一次。"看起来他是真心替我感到惋惜，惋惜到必须痛饮半杯威士忌的程度。"他们的座椅，装的是弹簧皮垫，椅背铺着天鹅绒，比资本家客厅里的沙发还柔软。哪怕不看电影，只是进去睡一觉，也值回票价了。墙上、天花板上都装了电风扇，确保风能吹到每一个座位。到了冬天还有热气炉。他们的放映机是最新款的，全电动，你根本不用担心赛璐珞胶片断开或是起火。他们的银幕，那可是真正的银色，不知要涂多少层银粉才能达到那种成色。还有他们的灯，他们的音响……我们根本没法跟他们竞争。"

我没有打断他，只是默默地喝酒、吃菜。

这些话他应该对每个酒友都倾诉过不止一次——如果他还有

别的酒友。

"再看看我们。我们的放映厅设计本来就不合理,回声特别大。流行默片的时候还没什么,一旦开始放有声电影,就一直有观众抱怨说听不清台词。放映机也是二手的,放出来的画面灰突突的,看个电影还以为自己得了白内障。后来,好莱坞八大公司的优先放映权都被虹光抢走了,更没有人来我们这里看电影了。我那个时候就建议岑老板说,不如多争取些国产片的优先权,我在联华、明星都有人脉,只是需要花些钱来打点。结果他不听,非说没人要看国产片。"

"那你平时看国产片吗?"

"我才不看呢,但总有人爱看。老爷、太太们已经都做了虹光的顾客,我们就应该去争取那些穷学生、穷工人,哪怕是贩夫走卒——我就是这么跟岑老板说的。结果他还是不听,最后竟受人蛊惑,把钱都砸进了投机生意。"

"经营影院亏掉的钱,想靠着投机生意赚回来,我能理解他的想法。但这很愚蠢。"

"可不是吗。一开始,那帮人还让他赚了点小钱,不过也只是'长线放远鹞'。我在上海混过几年,最了解这群骗子的伎俩。先让你尝点甜头,然后就越陷越深,最后倾家荡产。可他就是不听,什么都不听,最后还把我解雇了,铁了心要去炒股票、炒公债。现在好了,影院也倒了,还欠了一屁股债,早点听我的话也不至于沦落到这般田地……"

我喝完了杯中的酒,填饱了肚子,也深知再听他说下去只是浪费时间。

"你应该很清楚,就算岑老板听了你的话,金凤凰也迟早是要倒掉的,不是吗?"

"没错，我们没有胜算，一点也没有。"他继续喝着酒，仿佛这是表达各种情绪的唯一方式。"但他只要听我的话，不染指投机生意，至少不会欠下那么多钱。"

"可那又跟你有什么关系呢？到时候你还是会失去工作、变成一个醉鬼，一个跟现在的你一模一样的醉鬼。"

"不一样的。刘小姐，你根本就不懂。若真变成那样，岑老板会坐在你现在的位子上，跟我推杯换盏、一起咒骂虹光大戏院。他的积蓄够我们喝到死为止，反正酒鬼都活不长。这就是区别。"

"我那张五角钱的票子，应该也够你喝到打烊为止了。"说着，我站起身来，俯视着他。"再见了，胡经理。祝你做个好梦。"

6

回去的路上,我问报童买了份今天的《江左日报》。

我在八点之前回到了侦探社,准备在八点半左右给葛府打个电话。经验告诉我,那是最稳妥的时间。

为打发时间,我在办公桌前坐下,读起了报纸。

头版一如既往地刊登着各种广告。最新款的厨具、最新款的母婴用品,还有最新款的自行车。濒临倒闭的书店宣传着新译的法国小说,新开的洋装店则标明了裁制男款西装与旗袍的价码。唯一与我有些许关系的,可能是常纳华克[①]方瓶威士忌的广告,偏偏店家只接受批发,二十瓶起售。如果我平时不是用红茶而是拿烈酒来招待那些特别啰嗦的客人,倒是可以考虑买上一两箱。

我继续翻看后面的内容,最醒目的标题是"济和纱厂大罢工进入第四天"。那是葛天锡的产业,报纸上说他连续两天亲临现场安抚工人情绪,却铩羽而归;在他离开之后,工人还跟军警发生了冲突,数人被捕。其余的文章大多写的是省城里又发生了什么案件:江边的无名尸、临港区的连环盗窃案,还有几乎每天都在发生的贪污舞弊。版面左下角用寥寥数行报道了千里之外的华北局势,看起来相当不乐观。

[①] 今多译为"尊尼获加",苏格兰威士忌品牌。

第三版上照例登了几篇介绍外国风土人情的文章，作者是我唯一的友人白卡萝。这类文章全是她依据《字林西报》等英文报纸翻译而来，只是删去了一些不符合中国人道德观的内容而已。

剩下的就是些鸳鸯蝴蝶派的连载小说了，几乎都是富家公子与贫女的恋爱故事。这类始乱终弃的罗曼司我一向不爱看，也不可能因为喝了几杯酒就变成它们的读者。

我只用了一刻钟就翻完了整份报纸，抬头看了一眼墙边的座钟，只见那秒针还在艰难而缓慢地挪动着，仿佛每前进一格都遭受了巨大的阻力。若要挨到八点半，我还要再重读一遍报纸，甚至是两遍。

于是我不再犹豫，翻出之前记下号码的便笺本，拨通了葛府的电话。接电话的是个中年女人，语气里满是警觉与不信任。

"没错，这里是葛公馆。"

"我是葛令仪的同学，有些事情想跟她商量一下。"

"她的哪个同学？"

听这口气，对方似乎认识不少葛令仪的同学——说不定全都认识。保险起见，我只好谎称自己是音乐科的李舜颜。

"音乐科？"电话那头哼了一声，"你学唱歌的？"

"我不唱歌，弹钢琴。"

"想来也是。就你这破锣嗓子，肯定唱不了歌。"

那边撂下电话，喊葛令仪过来。她对我的介绍，简洁得像一首汉代镜铭："你同学，音乐科，姓李的"。

接过电话的葛令仪，态度也并不比刚才那人更友善：

"李舜颜？你找我做什么？"

"是我，你雇的侦探。"

那边停顿了片刻。"是你啊，我还以为真是李舜颜打过来的呢。"

"你们关系不好?"

"她讨厌我,背后应该没少跟树萱说我的坏话。"

"我今天见到了李舜颜,也问清楚了。"我说,"周日晚上岑树萱确实回过学校一次,从宿舍取走了一个木匣子。"

"什么样的木匣子?"

"像是个梳妆盒,有一定的年头,学名好像是叫'妆奁'。估计是她母亲的嫁妆。"

"只要不是她的嫁妆就好。"

"岑家的状况我也打听过了。电影院倒了,她养父做投机生意还欠了不少钱,应该是躲债去了。"

"养父?"

"岑树萱是被收养的,听说是已故的岑夫人的朋友的女儿。看来她没跟你提起过。"

"没有。"葛令仪的声音有些颤抖,但那并非错愕,而更像是在生友人的气。"所以,她也一起去躲债了?"

"他们应该不在一起。她养父也不知道她去了哪里,周日晚上还打电话去学校问过。我倒是有个大胆的猜测,你想听吗?"

"你说吧。"

"她养父基本上是一无所有了,电影院被抵押给了银行,还欠着一屁股债。但他手边还有一样值钱的东西……"

"你是说树萱?"

"把她卖给哪个土财主做小老婆,彩礼总有个千八百块——这是我今天无意间听到的市场价。"

"所以树萱拿走那个妆奁,是为了给自己当嫁妆?"

"怎么会呢,既然是被卖过去的,还谈什么嫁妆。她八成是不愿就这么被卖掉,于是逃了出来,身上没带什么钱,就回学校去取走了那个木匣子。听她室友说,那里面可能装了些金银首饰。"

"你这个解释倒还挺合理的,可惜有个破绽。"

"什么破绽?"

"她没有来找我。"葛令仪有些幽怨地说,"遇上麻烦,特别是经济上的麻烦,只要来找我不就好了。"

"她未必这么想。"我安慰道,"毕竟你与她同龄,她对这一切无能为力,自然会觉得你也无能为力。"

"刘小姐,你可要尽快找到她啊。"

"我尽力。对了,你听她提起过'阿柱'这个人吗?"

"没有。那是谁,男的女的?"

"听说是电影院的一个学徒。你跟岑树萱一起去过她家的电影院吗?"

"金凤凰吗?没一起去过。我们都是去虹光。"

最后我又问了一个问题。对于寻找岑小姐,这个问题自然帮不上什么忙。但考虑到之后还要打电话到葛府,还是问清楚为好。

"刚刚接电话的人是你母亲吗?"

"是啊,还能有谁?"葛令仪没好气地说,"她今天也不知是发什么神经,一直守在电话旁边。估计是在等哪个情人的联络。"

"那我们继续讲下去岂不是很不妙?"

"有什么关系呢?反正她要恨也只会恨李舜颜。而且,我很清楚她记性有多差,怕是根本记不住这么拗口的名字。"

"那她知道岑树萱吗?"

"我请树萱来过家里,见是肯定见过的,有没有印象就不知道了。"

挂断电话之后,我从手提包里取出那张合影。照片里岑树萱的面相,倒是完全符合所有人对她的描述。今天我没有向谁出示过这张照片,也没这个必要,毕竟我询问的都是些认识她的人。但以防万一,我还是将照片放回包里,顺便把左轮手枪也放了进去。

7

次日一早我出门时,地上已经落了几滴雨点,那些恼人的柳絮也因为吸了太多水分而无力地趴在地上。我没有撑伞,只是戴了顶阔边的帆布帽子。在断断续续的细雨里步行了二十分钟左右,我来到了老城区。

这是我的同行们最不愿来的地方。

即便城墙早已拆去,老城仍显得壁垒森严。任何陌生的面孔都会立刻被辨认出来,继而遭到猜疑和冷落。我的皮鞋踏在坑坑洼洼的石板路上,也显得格格不入。雨天路上本就没什么行人。见我凑近,一个个都避之不及,低声下气地搭话也很少被理睬。结果,我费了好一番工夫才打听到邹记米店的具体位置。

那是个不大的店面,里面却空荡荡的。陈旧的铺板靠在墙边,墙角处则堆着几个被塞满了的米袋子。门厅的正中央摆着两个木箱子,盛着精米和糙米,里面各放了一把小铲。一个看起来三十岁上下的女人百无聊赖地坐在柜台后面,随手拨弄着面前的算盘,却并不像是在计算什么。

她穿了件墨绿色的高领衫袄,盘起的头发上插着几支银簪子。不知是天生如此还是表情使然,那张脸丧气得很。枯黄的脸颊凹陷着,眉眼耷拉着,嘴角也向下撇着,唯有鼻头还有那么一点上进心,锋芒毕露地翘出一个小尖,让人忍不住想挂点什么东西上去。

我走向柜台,她也缓缓地抬起头来,却迟迟不愿向我搭话。见我也一直不开口,她才百般不情愿地挤出一句,"你看着不像来买米的"。

"我想问以前在金凤凰卖票的小莲姑娘打听些事情。"

"打听什么?你要是想问金凤凰的老板逃去了哪里,她可不知道。那个姓岑的还拖欠着她的工钱呢。"

"最近有人来这里打听过岑老板的下落?"

"来过几个。你要也是来问这个的,就请回吧。反正小莲什么都不知道,问了也是白问。"

"我不是来打听这个的。你看我像是帮人讨债的吗?"

"不像。"说着,她皱了皱眉,抬起沉重的眼皮,用满是倦意的眼睛打量了我一番。"但我也看不出你到底像什么人。"

"有人找我帮忙打听些有关岑小姐的事情——就是岑老板的女儿。"

"我明白了。"她冷笑了一声,看我的眼神里多了几分不屑。我也不知道她到底明白了什么。"你来得太早,小莲怕是还没起床呢。"

她的话音刚落,就有一个清脆的声音从她身后那扇虚掩着的小门里传来:

"嫂子你又胡说,我早就起来了,一直忙活到现在。"

很快,门被一个身穿湖水蓝旗袍的女孩推开了。她看上去有十八九岁,动作却活泼得像个十二三岁的小姑娘,应该就是我要找的小莲了。

她那张鹅蛋脸白得有些吓人,高颧骨、高鼻梁,眼窝深陷,仿佛带着些欧罗巴血统;血红的嘴巴却分明是古代文人激赏的薄唇小口，再配上旗袍和黑发，简直就像是给西洋画盖了个篆字图章之后，又装裱成了卷轴，自然是挂在哪里都不合适——尤其不适合这间简陋、破旧的米店。

小莲两手湿漉漉的，不停滴着水，看样子刚刚正在院子里洗衣服。坐在柜台后面的女人递给她一块帕子，让她将手擦干净。

"你打听岑小姐的事情做什么？"

"她的一个朋友拜托我找她。"说着，我递了一张名片过去。

小莲面无表情地扫了一眼，又转手将名片放在她嫂子面前。那个女人倒是有些吃惊，还嘟囔了一句"原来你不是媒婆啊"。

"没想到岑小姐这种人还会有朋友，只怕又是追求她的男人吧。"她说，"你是怎么找到这里的？"

"胡经理建议我来问问你。"

"原来那个醉鬼……"

"他以前就总是喝得醉醺醺的？"

"可不是吗，因为这个可没少耽误事。我们换个地方说吧。"

说着，小莲绕过柜台，来到我面前。我这才发现她左眼下面有一颗痣，只可惜这发现对我的调查没有丝毫帮助。

"这附近有什么地方能坐下来说话吗？"

"怎么会有？"她没好气地说，"这里可是老城区，是过日子的地方。"

我跟着她来到店门外，绕过一个拐角，走进一条僻静的小巷子。

雨已经停了，屋檐处仍有水滴淅淅沥沥地落下来，在积水的路面上弄出些不成片段的调子，使人昏昏欲睡。除此之外，就只有从墙的另一侧传来的婴儿的啼哭声，像是在时时提醒着我：这里还不是一座死城。但即便如此，我也能感觉到，小莲所谓的

"日子"是何等沉重、舒缓且乏味。

"你想知道什么？"

"你跟岑小姐还有联络吗？"

"我怎么会跟她有联络。"

"那你跟阿柱呢？"

"你连阿柱的事情都知道了？准是胡经理告诉你的。看来他还是老样子，几杯酒下肚，就什么话都往外讲。"她说，"阿柱被赶出去之后我就没再见过他了。"

"你知道他的去向吗？"

"当然知道。他去府眉路上的钟表店做了学徒。"

"但你没去找过他？"

"我为什么要去找他？你根本不知道我们之间发生了什么。"

"你会告诉我吗？"

"不会。"她摇了摇头，又略带轻蔑地补了一句，"当然不会。"

"那就算了。你跟岑小姐之间发生过什么吗？"

"没有。岑小姐这个人，对什么事情都不闻不问，也不在乎。你跟她说话，她就两眼直勾勾地看着你，也没什么反应，你都不知道她是不是走神了。"

"但阿柱还是喜欢她？"

"阿柱倒也不一定真的对她有什么好感，可能只是觉得自己如果攀附上了岑小姐，总有一天能把影院弄到手。毕竟岑老板就这一个女儿。"

"他是这么务实的人吗？"

"谁知道呢，我也没那么了解他。我在那边只管卖票，他是放映员老陈的学徒，也不是总能见到。而且他有了空也会去纠缠岑小姐,不会来找我的。"

"影院倒闭之后,这位老陈在哪里高就呢?"

"他有手艺,不愁找不到工作,听说去了我们的死对头虹光那边。"

"你怎么没另谋个差事?"

"我也到了这个年纪,就等着嫁人了。说出来也不怕你笑话,当初我是因为喜欢电影才去金凤凰工作的。可是真成了售票员,一天到晚坐在那个牢房一样的小屋子里,反倒看不成电影了。是不是很可笑?"

"你这么漂亮,只是卖票确实屈才了,应该去上海演电影。"

"刘小姐说笑了。就算我真有这个念想,家里也不可能同意的。他们最多允许我出去见见世面,可不会放任我去闯荡。"

"有什么区别吗?"

"当然有区别了。"她说,"出去见见世面,还能回来过日子。若是去闯荡可就再也回不来了。就算有心回来,只怕到时候名节也毁了,身子也垮了,老城这边可容不下在外面闯荡过的人。你还有什么想问的吗,我差不多该回去了。"

她的话确实有些道理。这就好像在省城做我这一行只能算讨生活;若去了上海,那便是赌命了。

"最后一个问题,阿柱被解雇之后去钟表店做学徒这件事,岑小姐知道吗?"

"阿柱去钟表店是老陈介绍的,老陈不会主动告诉她。但她若是问起来,以老陈的性格肯定是瞒不住的。"

"你觉得她会问吗?"

"我觉得她不会。"

8

府眉路两侧都是独门独栋的店铺,省城里唯一的钟表店也开在那里。

侦探社里那口座钟是房东的,没出过什么差错,让我始终没机会跟钟表店打交道。只是曾听卡萝抱怨说,那位店主生了张凶狠的脸,态度如长相一般恶劣得很,手艺也教人不敢恭维,报社的挂钟只是走得慢了些,拿去修过几次就彻底停摆了。

走进店门,里面只有一个彪形大汉坐在柜台后面,右手里拿着一把小镊子,正在拆解一只怀表。

想来这位就是店主了。

他身后的那面墙上挂满了钟,样式各异,时针分针却都对准相同的位置,整齐得有些瘆人。秒针倒没有那么整齐,一声声令人烦躁的机械音汇集在一起,就像一道密不透风的墙。我很怀疑,每天只是校准这一墙的钟表就要耗尽他全部精力了。

我凑近些,看到了一颗被斑秃、赘肉和麻子装点着的大圆脑袋,肥满的鼻头上也生着脓包。穿旧了的白衬衣看起来像是浆过,但只有领子笔挺地抵着生满胡须的下巴,领子以下全都被暗潮汹涌的肥肉撑得变了形。若不是戴了只单片的金丝眼镜,恐怕任是谁见了他都只会觉得这是位屠夫。

"有事吗?"他问道,但并没有抬起头来看我。

那声音低沉而含混，没有一丝一毫的人情味，就好像是爱迪生发明了他的声带，又交由福特公司的流水线批量生产。

"想问你打听个人。"

"谁？"

"你这里是不是有个学徒，以前在金凤凰大戏院做过事？"

"你说阿柱啊，打听他做什么？"

他没有停下手里的活儿，桌上已经铺满了大大小小的齿轮，我很怀疑他能否将它们一个不差地安回去。不过这么多零件，少了一两个大约也不碍事吧。

"想问问他知不知道一个人的下落。"

"那真是不巧，阿柱告了几天假，不在店里。"

"他什么时候回来？"

"谁知道呢，"他哼了一声，"前天他突然说要请几天假。问他理由，他也支支吾吾说不出个所以然，我就没同意。结果夜里他还是自作主张跑了，行李也带走了，万幸没有偷拿店里的钱，只穿走了一件衣服。估计他是不会回来了。"

"他是收到了什么人的联络，才走得这么匆忙？"

"几个学徒都住在店里，要是有给他们的信也是寄到这边来。没听说那天有什么寄给他的信。"

我忽然有了个猜测，就从包里取出那张遮住了半边的照片，放在桌上给他看。

"照片上的这个女孩有没有来过店里？"

他先是漫不经心地瞥了一眼，似乎是想起了什么，又用手里的镊子将照片拈过去、仔细端详了一番，然后才放回原处。

"这位是？"

"金凤凰大戏院的岑老板的女儿。"

"那天上午她好像是来过,就是这身打扮。当时店里很忙,我跟大徒弟都抽不开身,是阿柱去接待她来着。不过她没待多久就走了。"

"她有没有带着一个木匣子?"

"木匣子?我没印象。"

"她跟阿柱都聊了些什么呢?"

"我没听见,他们也没说几句话。反正那女孩最后什么都没买,也没让我们帮她修理什么。你觉得阿柱跟她跑了?"

"我不确定,但有这个可能。有人拜托我找到照片里这个女孩。"我收起照片,继续问道,"阿柱是哪里人?"

"不知道,听口音像是本地人。介绍他来的人说他是个孤儿。"

"他有什么朋友吗?"

"没见他跟谁来往过。他这个人有点孤僻,平时也不怎么说话,做起事情来倒还算麻利。本来以为他挺适合做我们这一行,没想到居然给我整了这么一出'夜奔'的好戏,真是人不可貌相。"

"能不能跟我描述一下阿柱的长相?"

"很瘦,脸也很窄——又窄又长。剃了个陆军头。个子不高,眼睛也不大。鼻梁边上有颗黑痣,还挺显眼的。"他努力回想着,但也只想起了这些。"反正不好看。"

我很难想象一个"不好看"的学徒能被售票员追求,又能吸引落难的大小姐前去投靠,但现在也只能姑且相信他了。

"他离开店里那天穿的是什么衣服呢?"

"白衬衫,灰格子裤,小牛皮鞋。我们这边的学徒都会置办这么一套,接待客人的时候也能体面些——花的全都是我的钱。

他还穿走了一件直贡呢的上衣,好在是旧了没人要的。要是新的我就报警了。"

"如果阿柱回到店里,可否受累联系我一下?"

我递过去一张名片,店主既没有伸手接,也没有用镊子接。怀表里的零件已经被拆卸得一个都不剩了,他开始小心翼翼地将它们安装回去。这项工作可能还要持续很久。说不定他很希望有个人能像这样跟他闲聊些什么,让手头的工作显得没那么无聊。可惜我已经问完了我的问题,该去找下一个人打听了。

"你觉得他还有脸回来?"他问。

"谁知道呢,人总是要吃饭的。说不定饿了就会回来。"

我把名片留在桌上,离开了钟表店。按照原计划,下面我应该到虹光大戏院去、找那位姓陈的放映员打听。不过跟店主聊过之后,我倒是有了些新的想法。

阿柱离开时没有偷店里的钱,他身为一个学徒怕是也没什么积蓄,如果他真的跟岑树萱在一起,两个人的开销要从何而来呢?岑树萱来到钟表店是在前天,也就是周日,而她从学校宿舍取走那个木匣子是在之前一晚,在这之间她又去过哪里、做了什么?

我看了一眼街对面的鸿泰当铺,心里已经大致有了答案。

走进店里,讨价还价声此起彼伏。专收不值钱的杂物的那几个柜台前,全都挤满了有当无赎的穷苦人。只有最当中那个收金银细软的柜台空着。

好在我正好要去那边打听。

我与负责那个柜台的贾掌柜有些交情,之前也替他调查过几个大客户的底细。只是他付起钱来,不像其他主顾那样爽快,总是会拿些逾期未赎的货品来搪塞我。偏偏他又摸清了我的喜好,知道给什么东西我很难拒绝,明知吃了亏也想得到。那个看起来很唬人的纯银打火机就是替他做事得来的。

鸿泰当铺的柜台足有一人高,又装上了木栅栏,只为保障掌柜们的安全。会光顾当铺的客人本就过得窘迫,往往神经紧张兮兮的,像个火药桶似的一点就着。偏偏掌柜们说话又难听得很,对货物极贬损之能事,看人的眼睛里也满是轻蔑,结果总会发生些口角,全倚仗这高柜台和木栅栏才能免于挨打。

我从包里取出岑树萱的照片递了过去。

"我们这儿可不收照片。"

"是我。"

贾掌柜从开在木栅栏上的小洞里探出头来,不冷不热地说了句"是你啊"。

他有一张瘦长的脸,眼睛细而阴鸷,顶着个小得可怜的瓜皮帽,稀疏的胡须被他搓成两股,活像是两根鲶鱼须子。他这副面目完全契合了西洋人的黄祸想象,却没有哪家电影公司请他来出演傅满洲,委实有些可惜。

"你是想打听照片上这个女孩有没有来过我们这里?"

"你有印象吗?"

"她这个年纪的主顾可不多见,让我想想。"贾掌柜的声音本就属于尖利一类,或许是出于职业习惯,他总是有意无意地拖长每一个音,说起话来就像是略带哭腔的叫卖声。"最近好像是有这么个女孩,来我这边当了一匣子的首饰。"

"首饰装在一个木匣子里?"

"我没记错的话,她连匣子也一起当了。"

说着,贾掌柜招呼一个学徒到身边,对他耳语了几句,那学徒很快就取来了一个木匣子。贾掌柜将它放在柜台上,带锁的一面正对着我的眼睛。我要踮起脚尖来才能看清它的全貌。这当铺的柜台实在可恶，尤其是对于我这种穿了平底鞋的女人来说。

匣子的做工还算精良，没有涂漆，从颜色和鬼脸般的纹路来看，分明是黄花梨的。虽然也有几处磕碰的痕迹，能看出不新，但也不让人觉得很旧。挂在上面的铜锁倒是显得有些年头了，暗黄色的漆已经剥落了不少。铜搭扣箍住了顶盖和抽屉，锁孔里插着一把乌黑色的钥匙。钥匙上拴了根细绳，绳的另一端是一张票据，上面的笔迹像是《千金帖》一路的草书，却又一个字也辨认不出来，想来是他们这个行当的特殊写法。

"我能打开看看吗？"

"随便看，反正那女孩也不像是有钱来赎。到时候等它落了架，你若喜欢，我便宜些卖给你就是了。"

"谢谢贾老板的好意。可惜我这辈子怕是没什么穿金戴银的机会了，还是卖给更体面的人为好。"

我转动钥匙，卸下铜锁，揭开顶盖，只见盖子内侧镶嵌了一面镜子。我又看了一眼票据，忽然发觉第二行的前两个字可能写的是"镜箱"。

装在里面的几件首饰，都不是什么值钱货。两个雕了莲花纹的银戒指，做工还不错，只是样式老了些，我外婆出嫁时大约也有类似的嫁妆。玉镯子底料太差，金项链成色不佳。还有一支点翠的银簪，漂亮归漂亮，却也老气横秋，一看便知是前朝遗物。

拉出抽屉，里面有几样比较新潮的首饰，像是镶了翡翠的发夹，或是带流苏的玛瑙耳坠，放在十年前或许是交际花们中意的款式。

"这匣子连同首饰一共当了多少钱？"

"不多不少，五元整。"

"不少吗？"

"不少了。你看这匣子，虽说是黄花梨的吧，都被磕碰成什么样子了。你看这锁，漆都要掉光了。还有这些首饰，东西不算差，就是款式太过时了，只怕有价无市啊。而且我把价钱压得低一些，那小姑娘来赎的时候也能少付点利息，不是吗？"

明明刚刚还说人家不像是有钱来赎，现在又改了口——不过戳穿他对我也没有任何好处，还是尽快结束这个话题吧。况且我也完全能想象，就算有人拿传国玉玺来这边典当，也会被贾掌柜以缺了角为由往死里压价。

"那个女孩是周日过来的？"

"我看看啊，"说着，他拿起那张宛如天书的票据，匆匆瞥了一眼。"是周日。我没记错的话是上午，当时我这一柜还比较清闲，下午人就多起来了。"

看来正如我所料，岑树萱是先到这边来典当了这个镜箱之后，又去对面的钟表店见了阿柱。如果线索到此中断，我大概会把附近所有店铺都问一圈，看看岑树萱是否还光顾过别的地方。不过之后我还要去会一会那位姓陈的放映员，也就没必要费这番苦功了。

"对了，最近这段时间，金凤凰大戏院的人有没有来这边典当过东西？"

"你说那位破产了的岑老板啊，他现在可不敢抛头露面。"贾掌柜显然不知道自己接待过岑老板的养女，否则势必会派人尾随她，看看能不能再榨出些油水来。"听说整个省城里的银行、钱庄都是他的债主，全都在打听他的下落呢。至于他有没有支使谁来我们这里当东西，那就不知道了——最好也别让我知道。"

9

在所有打发时间的方式里，看电影无疑是最不划算的一种。同样的钱，拿来买书能读上一个礼拜，买酒也够喝上一整晚了。一张电影票却只能消磨一两个小时，而且是身处一间黑屋子、困坐在一张小椅子上的一两个小时。

因此，就算卡萝不止一次约我去虹光看电影，我也从没答应过。今天是我第一次走近这幢建筑。

如果说金凤凰像一座基督徒的教堂，虹光大戏院给人的印象则更接近罗马人的浴场，古典而颓废，仿佛只为给人带来感官上的刺激而存在。它有一排装腔作势的柱子、几面用色艳俗的壁画，还有一个看起来很像秃头的穹顶。招牌也是以臃肿的隶书写成的，旁边还注了一行西文，因为全都是大写字母，我费了好一番工夫才认出那其实是韦氏拼音。

穿过镶着金边的正门，里面是地上铺着各色人造大理石的大厅。咖啡色的墙壁上挂着一个个精心雕镂过的玻璃匣子，内有一盏盏尚未亮起的电灯。巨大的落地窗上嵌着琥珀色的玻璃。可能是阴天的缘故，大厅里有些暗。我发现左右两边各有一间漆成葱绿色的卖票房，不过只有左边那个里面有人。

我凑过去，卖票房里坐着个和小莲年纪相仿的女孩。她穿了件黑色的翻领上衣，外面套了件最新款的针织衫，头发也仔细烫过，小圆脸上扑满了脂粉，然而一开口却是掩藏不住的乡下口音：

"散座四角钱一张。"

"那包厢呢？"

她没有回答我的问题，而是将我上下打量了一番。

"你要买包厢的票？"

"随便问问。"我说，"你们这里是不是有个姓陈的放映员？"

"我新来的，不清楚。"

"那我该去问谁呢？"

"去问我们经理吧。"她把视线从我的脸上移开了，低头看着桌上五颜六色的电影票。"上二楼左拐走到底就是我们经理的办公室。"

我按照指示上二楼左拐，进入一条不算长的走廊，经过空荡荡的酒吧和弹子房，来到了她说的办公室门口。

那扇门也被漆成了咖啡色，几乎要跟墙壁融为一体了。

虹光的经理亲自给我开了门，很显然他不希望我踏入他的办公室。

他看上去三十岁上下，也可能年纪更大一些，但不会超过四十。像所有经理一样，他穿了件素净的西装，打了条不算扎眼的领带。他的头发很浓密，涂满了发胶，整齐地向脑后梳去。刮得干干净净的国字脸也像是涂过发胶一般，油光锃亮的，面颊还透着几分红润，显然过得比胡经理滋润不少。

他看向我的目光也称不上友善，但至少好过楼下那位售票员，不会让我觉得受到了羞辱。

"你应该不是来找我的吧？"

"我找放映员陈师傅。"

"那为什么来敲我的门?"

"楼下卖票的女孩让我来问你。她好像只认识你。"

"老陈四点之后才来上班。你来得太早了。"

"那我到时候再来拜访。"

"放映室不许外人进入,你最好在大门口等他。"他有些不耐烦地说,然后提了一个我很难拒绝的建议,"你没事做的话,不如就在我们这里看场电影吧,散座只要四角钱。"

我回到一层的卖票房,发现这个时间只有一部国产默片可看,而且已经开场五分钟了。想着反正只是打发时间、看什么都无所谓,我买了一张散座的票。

走进放映厅,借着台阶上的暗光灯和屏幕处传来的微亮,我找了个十分偏僻的座位。放眼望去,偶尔能在整齐的座位中间看到几颗黑色的头颅。有一对情侣跟我坐在同一排,此时已忘我地拥吻起来,时不时制造出一些湿润的动静。

为电影伴奏的是个十分蹩脚的钢琴手,每隔一两个小节就会弹错一个音,我甚至怀疑这是圣德兰音乐科的哪个低年级学生在勤工俭学。

这是一部老套的凶杀片。主角卷进了一桩怎么看都不是他犯下的命案,却被警察错当成凶手而不得不四处逃亡。

导演大约是受到了德国表现主义的影响,画面阴暗,时而雾气朦胧,还喜欢装神弄鬼,看得人十分揪心。某个我叫不出名字的当红女星扮演了一个蛇蝎夫人的角色,无奈她生得慈眉善目,演出来自然毫无说服力。男主角则生了张忧郁而滑稽的脸。他画着惨白的浓妆,仿佛一个小丑在吊丧。

胡经理没有骗我,虹光的椅子的确很舒服,比我的钢丝弹簧床还柔软。但我还是更喜欢金凤凰那硬邦邦的木椅子。坐在那种椅子上,无论电影如何无聊都没有睡过去的风险。而这一次,电影终究败给了椅子上的软垫。

一觉醒来,电影已经接近尾声。蛇蝎夫人一枪打死了男主角,又在走出别墅的瞬间被警察乱枪击毙,可谓皆大欢喜。

灯光亮起,深蓝色的台幕缓缓落下。时间还不到四点,但也不够我再看一部电影或再睡上一觉了。

离开放映厅,我来到虹光大戏院的正门外,在那里等待那位放映员老陈来上班。对于不吸烟的人来说等待总是很漫长的。而对吸烟的人来说,虽然一样漫长,但至少可以忍受。我并不知道他的长相,好在礼拜三下午走进电影院的人并不多,我可以观察每一个人,然后找出明显不是客人的那位。

抽完三支烟,我看到一个身穿藏青色哔叽西装、手里提个公文包的中年男人,正朝着电影院门口走来。

像他这种打扮的人,不该在上班时间出现在这里——除非他就是来上班的。

那人谢了顶,驼着背,一口龅牙、满脸麻子,薄嘴唇和蒜头鼻之间蓄着卓别林式的卫生胡,下巴则光溜溜得像颗被剥了壳的鸡蛋。本就只有一道缝的眼睛躲在镜片后面,又被缩小了不少。我自负阅人多矣,也从未见过像他这么丑的。

"请问您是放映员陈师傅吗?"

"我是。请问你是?"

架在塌鼻梁上的那副眼镜似乎不怎么妥帖,他看向我时眯起了眼睛,结果更是连一道缝都快没有了。

"我是做这一行的,想问您打听些事。"

说着,我递过去一张名片,他将名片拿到眼前仔细看了一番之后还给了我。

"你要是想问岑老板的下落就请回吧。"

"跟岑老板没关系。我想问的是有关阿柱的事情——他一年前在您手下做过学徒。"

"他惹了什么事吗？"还没等我回答，他又补了一句，"下一场电影要开始了，你跟我过来一趟吧。"

说着，他自顾自地走进了影院，我也只好跟在后面，一路来到了位于二层的放映室门口。他打开门，一股烟味扑面而来。

放映室和放映厅只是一字之差，待遇却有天壤之别。放映厅是电影院的门面，自然是极奢华之能事，至少也要做好表面功夫。放映室又不会被外人看到，装潢上能敷衍则敷衍，墙只粉刷了一面，地板则是坑坑洼洼的水门汀。天花板上吊着一个孤零零的灯泡，又小又暗。

整间屋子没有一扇窗，只凿出一个匡衡看了都觉得寒酸的小洞，以供放映。小洞旁边悬着个上圆下方的挂钟。

房间的正中央摆着一台巨大的放映机。银灰色的钢铁骨架上印着白色的"Simple"字样，似乎是放映机的牌子。两个竖立着的圆盘此时并没有转动，灯箱也没有亮起。机器旁边放了个做工粗劣的小木凳。

另外就是些圆形的黑色铁盒，在墙边堆了一人高，随时都有可能倒塌下来。

我还注意到，地上散落着几颗被踩灭的烟头。

若在哪本小说里，出现了工作人员在放映室内吸烟的描写，只怕会有热心读者指出其中的硬伤：谁也不会蠢到在易燃易爆的赛璐珞胶片旁边点起一支烟。然而现实本就千疮百孔且无人修补，不要命的蠢人也比比皆是。更何况，和日复一日的无聊相比，引火自焚的风险又算得了什么呢？

"你不能进来。"

撂下这句话,老陈关上了门。我只好在门外等他。很快,里面传来了阵阵轰鸣声。门再次打开时,放映机上的两个圆盘已经吱吱嘎嘎地转了起来,一束强光从灯箱射向墙上的小洞。做完本职工作,他回到走廊,任凭门敞开着。

"说吧,阿柱到底怎么了,他不是在钟表店做学徒吗?"

"前天他向店主告假,没得到同意就擅自跑掉了,到现在也没回去。"

"这种事有什么稀奇的?他偷了店里的钱?"

"那倒没有,穿走了一件西服而已。只不过,"我从包里取出那张被遮住了一半的合影,拿到老陈面前,但没有交到他手里。"我给店主看了这张照片,他认出了岑小姐,还说她前天上午去过店里。"

"你是说他跟岑小姐跑了?哼,没想到小莲说的竟是真的。"

"是说以前在金凤凰卖票的小莲?"我收起照片。"她说过什么?"

"她跑到岑老板那里告状,说阿柱一直对岑小姐纠缠不放。老板就不分青红皂白地把阿柱给撵走了,还是我给他介绍了个去处。说实话,对这个事情我是不太相信的。我了解阿柱,他人很老实,话也不多。岑小姐就更老实了。反倒是这位小莲姑娘,心思可是活络得很啊。"

他说话时喘息声很重,还时不时地哼上一声,听起来有些尖刻。但如果不是顶着这样一张脸,或许不会给我这种感觉。

"你觉得阿柱当时并没有追求过岑小姐?"

"我只是觉得小莲的话不能全信。当时阿柱跟岑小姐并没有表现得多么亲密。再说,他是个学徒,哪有那么多时间谈恋爱。"

"他是什么时候到金凤凰做学徒的？"

"我记得他是岑夫人去世那年来的，三年之前了。他刚来的时候只有十四五岁，看着瘦瘦小小的。我们给他的待遇不错，他那两年长高了不少，人也壮实起来了。做我们这行力气倒是其次，主要是心思得细，跟机器和胶片打交道，不能有半点差池。他老实听话，人也勤快，交代的事情都能做好，不让他碰的东西从来不乱碰；再加上能读会写，还认识几个英文，要是没那档子事，还挺适合做个放映员的。"

"他是个孤儿？"

"是孤儿，听说是在洋人办的慈幼院长大的，就是鸣鹤山脚下的那家。"

"你好像对小莲印象不太好。"

"她啊，你见过她就明白了。"

"我已经见过了。"

"在她家里？"

"差不多吧。"

"她在自己家肯定又是另一副面目。这丫头真该做个演员，卖票实在是屈才了。她在岑老板和胡经理面前就扮乖巧，到了阿柱那里就开始出卖色相，对我们这些员工那真是爱答不理，好像我们多看她一眼就会少块肉似的。"听这意思，这位老陈平时怕是没少看她。"不过阿柱也知道她是什么样的人，一直没跟她走得很近。她求而不得，反倒跑去向老爷告了状。"

"岑小姐也看透她了吗？"

"这我就不知道了。没人知道岑小姐的想法。"

"阿柱被解雇之后你们还有联系吗？"

"没有。"他摇了摇头，"在那之后金凤凰就一直在走下坡路，最后终于垮掉了。我哪还有心思再管他的事情。"

"那你最后一次见到岑小姐是什么时候呢?"

"岑小姐后来住到学校宿舍去了,不怎么回家,我也有快一年没见到她了。"说到这里他话锋一转,"你为什么会有岑小姐的照片?"

"她在学校的朋友拜托我找到她。"

"她应该是跟着岑老板躲债去了吧。"

"她好像也不在岑老板身边。我听说岑老板也在找她。"

"你见过岑老板了?"

"没有,只是听圣德兰女校的人提起过。"

"没跟岑老板在一起倒是也好。她本来就不是岑老板的亲生女儿。现在岑老板被这么多债主追着,若有人要他交出小姐来抵债,他肯定会照做的。"老陈又哼了一声,"他那种人,绝对做得出这种事来。"

"若真是这样,我得赶在他之前找到岑小姐才行。"

"岑小姐的那位朋友帮得了她吗?"

"能雇得起我的人,说不定真能帮得了她。"

"你若是想找到岑老板,我倒是有一点线索。"

"告诉我吧,我不会跟那帮讨债的说的。"

"你告诉他们也无所谓,不过最好在你找到岑小姐之后。"他说,"岑老板有位相好,岑夫人还在的时候他们就好上了。对方不是什么正经女人。我只知道一个名字,是岑老板打电话给她的时候听到的。他管她叫'翠娥',不知道其他人是不是也这么叫她。"

"她若真是做那一行的,估计除了她父母,所有人都这么叫她。"我说,"对了,这附近有公用电话吗?最好是投币的那种。"

"一楼就有一部,在卖票房后面。位置有点隐蔽,平时很少有人用。你这么急着打电话,是要联系你的雇主?"

"那倒不是。我是要打给另一个不正经的女人。"

10

我不擅长记电话号码。常用的号码都写在便笺本上以备查询。唯独冯姨的电话我强迫自己背了下来。毕竟，若有人在我的本子上发现了她的联系方式，总免不了要疑心我在侦探之外还做着什么见不得人的副业。

冯姨早年在上海沦落风尘，后来靠给大人物做姘头攒了些积蓄，年纪大了就回到省城，在旧租界购置了几间公寓，做起了台基公馆的生意。平时就负责牵线搭桥，房间按钟点收费，偶尔也策划些敲诈勒索、逼良为娼的勾当，收入相当可观。

借冯姨的公寓与情郎偷欢的太太、小姐里面，若有谁不幸落入她的骗局，往往会向我求助，所以我这几年没少与冯姨打交道。我虽然熟悉她的路数，也捏着不少她的把柄，但她背后毕竟有人撑腰，到头来我能做的事情，不过就是跟她讨价还价罢了——把一件原本就能用钱摆平的事情，变得能用更少的钱摆平。

我在公用电话上依次转出那一串数字，电话很快就接通了。

"是我，刘雅弦。"

"是你啊，有事吗？"

"冯姨，问你打听个人。你认不认识一个叫翠娥的姑娘。"

"我还真认识一个叫翠娥的，至于她能不能被称作'姑娘'

就不知道了。"她冷笑一声，继续说道，"怎么，你也在调查金凤凰的岑老板？"

"还有别人问你打听过？"

"打听岑老板的倒是有，打听翠娥的你还是头一个。"

"那你是怎么回答他们的呢？"

"照实回答啊——岑老板已经好几年没光顾过我这边了。"

"自从他有了翠娥这个姘头？"

"你真聪明。他们是在我这里好上的，后来姓岑的教我帮他物色了一处房产，玩起了金屋藏娇的把戏，也就再也看不上我的'冯公馆'了。"

"既然是你帮他物色的房子，你肯定知道在哪里吧。"

"知道是知道，我该告诉你吗？"

"告诉我总归是有好处的。以后再有太太、小姐上了你的当，找我来摆平，我就向着你一点、不把价钱压得太低。"

"哼，我告诉你就是了。不过你要帮我个忙。你在那边若见到了翠娥，记得替我好好提点提点她。现在岑老板这个靠山已经倒了，她最好赶快另谋生路。"

"你是让我劝她回来重操旧业？"

"这样对谁都好，不是吗？"冯姨说，"这位翠娥可是个苦命的女人。她在乡下结过婚，很快就守了寡，后来受不了夫家的欺辱就逃了出来，结果娘家也不让她进门，最后还是我给了她一条活路。"

"你说的活路就是做暗门子？"

"那她还能做哪一行呢？"

"也是。"

"谁家的媳妇若是离家出走了，家里人出钱教你去找，你拿了钱一定会依着他们的意思照办，而不顾那媳妇受了怎样的委屈。我可比你有人情味多了。"

"确实，我只认钱。"

"唉，本以为这翠娥至少能过十年安稳日子，没想到姓岑的这么快就坏了事。她还真是命苦啊。"

这也难怪，男人经常是靠不住的，这社会又没给女人靠自己的机会，自然就只剩下命苦了。

冯姨话锋一转，"刘小姐，你要是也能命苦一点就好了，我也好帮你介绍些我这边的生意。以你的条件，进账不会比做探子少，也不用像现在这样风吹日晒、四处奔波。真的不考虑一下吗？"

"还是算了吧。我倒是也想躺在床上就把钱赚了，但我只喜欢自己一个人躺着，不希望旁边还躺着个陌生人。"

我也不确定自己的经历算不算命苦，但我毕竟还有拒绝冯姨的底气，说明就算苦也不是那么彻底，最多只是遇人不淑的程度。如今这世道，能体面活着的人本就不剩多少了，将来只怕还会更少。我到现在也没有跟冯姨撕破脸，说不定只是想给自己留条后路。

冯姨在挂断电话之前告诉了我一个地址。那地方位于破庙附近，不论是用来躲债避祸还是金屋藏娇，都再合适不过了。

破庙一带夹在老城、旧租界和省政府规划的新城中间，唯一的好处是从哪里过去都很方便。那边原有一座古庙，闹太平天国的时候毁了，连带着附近的建筑也一并毁于兵燹。光绪年间有人出钱重修庙宇，然而"破庙"的说法已经叫顺口了，就这么沿用了下来。

如今省城里除了佛教徒和少数博雅之士，怕是没什么人记得那座庙原本叫净善寺。但说起"破庙",谁都知道指的是哪里。

这一片方圆数百公尺的区域本就罕有人管辖,房屋如丛林般野蛮生长,繁衍至今,早已错杂如迷宫。居民大抵是些外来户,与周围的人全都关系不睦,尤其和老城那边势同水火。不过他们穷归穷,倒是比老城的居民友好些,至少不会看见生人就习惯性地躲开,然后三三两两地在背后议论你。在破庙一带,铜子儿是好使的,只是要小心窃贼与流氓。

我一路打听,穿过一条条曲折的小巷子,总算赶在天黑之前找到了冯姨说的地方。

我敲了敲那扇窄小的榆木院门,起初里面毫无反应。我不停地敲,直到听见一阵脚步声,一个看上去三十岁上下的女人给我开了门。

一眼我便认定她就是我要找的人。其他女人不幸归不幸,总是要遮掩一下的,她却直接就把"苦命"二字写在了脸上。

她应该也用心打扮过,然而浓妆艳抹更衬托出面色的焦黄。一绺烫成S字的头发被细雨打湿了,垂在紧皱着的眉头上面,几乎要刺进空洞无神的眼睛里了。嘴唇涂了几层猩红色的胭脂,油腻得像是一块从中切开的腐乳。穿在她身上的那件红黑相间的花呢旗袍,十分老气,活像是颗烂掉的荔枝。

"你是翠娥?"

她犹豫了一下,说了句"是我"。

我从包里取出那张照片,递到她手里。

"把照片拿给你男人看,他会懂我的意思。"

她接过照片,在原地愣了几秒,然后若有所思地点了点头,转过身快步走开了,我也跟在她后面走进院门。

院子很小,几步就能走完。地上铺着坑坑洼洼的石板,杂草从缝隙间冒出头来。两间平房,青砖灰瓦,不算很破败,但也有一些年头了。紧贴着低矮的院墙,种着几株白玉簪,绿油油的叶子已舒展开来,丝毫没有要开花的迹象。

我猜这里的租金一定很便宜。

她很快就回到了院子里,把照片塞到我手中。

"他让我问你,为什么会有这张照片。"

"我直接告诉他。"

"他现在不方便见人。"

"我不是他害怕见的那种人。"

听我这么说,她忽然像是松了一口气,只说了句"那好,你跟我来吧",就领着我走进了正对着院门的平房。才走进外厅,就听到一个嘶哑的声音从卧房那边传来:

"翠娥,水。"

我看了一眼桌上的茶壶,对那个苦命的女人使了个眼色,她会意地点了点头,脸上仍没有任何表情。

我拿起茶壶走进卧房。翠娥仍留在外厅,没有跟着进来。

卧房的陈设很简单,一张床,两个衣柜,再没有其他家具了。床上铺着蓝白条纹的被单,已经有些褪色了。床的正中央处放着个以螺钿装饰的黑漆盘子,上面摆了一盏玻璃罩子的黄铜烟灯,在昏暗的房间里闪着鬼火般的幽光。岑老板就躺在旁边,手里握着一支紫色的烟枪。烟锅是白玉的,嘴子是玛瑙的,烟管上镶金错银,精美得与这房间格格不入。

我又仔细地看了看眼前这个男人,倒是完全符合我对大烟鬼的印象。不论他年轻时长成什么样子,如今只是毛发稀疏,形容枯槁,双颊塌陷,面如死灰。恐怕就算没有讨债的催命,阎王爷也不会放任他逍遥太久了。

我宁愿去询问一个烂醉的酒徒——即便他随时可能把拳头挥向我，或是把消化到一半的饭菜吐在我身上——也不想尝试撬开一个大烟鬼的嘴。毕竟醉鬼总是说得太多，而大烟鬼往往懒得开口，特别是他们嘴里已经叼了一杆鸦片枪的时候。而他们即便开口，多数情况下也只是一边痴笑，一边说些前言不搭后语的胡话。

他从我手里接过茶壶，给自己灌了一大口，然后才注意到我不是翠娥。

"你是什么人？"他那浑浊的眼睛里有三分困惑，六分恍惚，还有一分愠怒。不过看到这双眼睛我也放心些了。此时的岑老板没有完全被阿芙蓉夺去心魄，尚有一线交流的可能。

"反正不是讨债的。有人拜托我找到你女儿岑树萱。"

"真巧，我也在找她。"

"是吗，你也雇了侦探？"

"没有。"

"我想也是。你若是被我的同行找到了，他们只会把你出卖给债主。毕竟你一看就拿不出几个钱来，与其为你卖命，还不如卖了你。好在我跟他们不一样，我只在乎手头的生意。"我说，"那你打算怎么找到她呢？"

"我自然有我的办法。"或许是为了掩饰心虚，他拿起烟枪、移到烟灯上加热，却没有把烟管含进嘴里。

"周日晚上你是不是往圣德兰打过一个电话，是借公用电话打的？"

"我好像没必要回答你的问题。"

"的确，但你最好提供些线索给我。如今世道不景气，我已经很久没接到活儿了。要是连这桩生意也搞砸了的话，我怕是只能改行了——比如说改行去帮人讨债。"

"你在威胁我?"

"对啊,你听不出来?"

"我听出来了。"

"你只要回答我的问题就好。如果你女儿落到那些追债的人手里,她也会把你藏身的地方供出来的。她应该知道这里吧?"

"她知道。"

"之前你一直带着她躲在这边?"

他没有回答,但也没否认。

"这地方是简陋了些,不过对于躲债的人来说也挺奢侈的了。岑树萱是什么时候走掉的?"

"周日下午,太阳快落山的时候。她说去买洋火,就再没回来。"

"晚上你就给学校打了电话?"

"她出去的时候只拿了几角钱,能去的地方就只有学校了。"

"她那天晚上的确去了学校宿舍一趟。我问过她室友了。"

"圣德兰的舍监说她没回去过,难道在骗我?"

"她没惊动舍监,只是在窗户外面让她室友递给她一个木匣子。"我比画了一下,"大概这么大,上面有把铜锁,里面装了些不值钱的首饰。"

"那是她生母留给她的。我们收养她的时候她带过来的。"

"你们是怎么收养她的?"

"我当时在忙生意,收养的手续都是曼柔办的。"

"曼柔是你夫人?"

他沉默了,看来这就是他表示肯定的方式。

"我听说岑树萱是你夫人的朋友的女儿,你见过她生母吗?"

"没有，听说在她八岁的时候就死了。我们收养树萱的时候，她已经十岁了。中间这两年一直被寄养在洋人开的慈幼院。"

"鸣鹤山的那家？"

他再次沉默，看来我说对了。

"我听说，在你们那里做过学徒的阿柱是个孤儿，但认识字，还懂点英文，好像也是在那家慈幼院长大的。"

"为什么忽然就提到他了？"

"你女儿现在很可能跟他在一起。"

"他？"岑老板一时语塞，像是有口痰卡在了嗓子眼。"他倒是追求过树萱。"

"他追求过你女儿这件事，你是从卖票的小莲那里知道的？"

又是一阵沉默。

"他们之间未必是那种关系，也许只是在慈幼院的时候就见过，所以多说了几句话。你女儿在省城里除了阿柱之外，还有什么可以投靠的人吗？"

"我不清楚。但阿柱只是个学徒，去投靠他有什么用？"

"可能在你女儿看来，投靠一个身无分文的学徒，也好过被自己的养父卖掉抵债。"

"你说我要卖掉树萱？"

"难道你没这个打算？"

他又心虚了，把烟管送到嘴边，但还是没有吸。"她也是个大姑娘了，总不能一辈子跟着我东躲西藏吧。我只是想给她介绍个好人家……"

"那她知道你的良苦用心吗？"

"我没跟她提起过。"

"你的乘龙快婿物色得怎么样了？"

"你问得太多了。"

"那说回正题吧。岑树萱周日出门时是什么打扮？"

"我记不清了，好像就是你那张照片上的打扮。她带出来的衣服不多，有几件已经当掉了。适合这个季节的，除了制服可能就只有那一套。"

"她还拿走了什么？"

"出门时提了个白色的包。一看就是高级货，我不记得给她买过。"

"她没带走的东西都在这间屋子里吗？"

他没回答，只是抬起手来指了指我身边的衣柜。

我打开衣柜，里面挂着一套圣德兰的制服，下面是几件整齐叠好的贴身衣物，旁边摆着个女学生常用的皮书包。书包里没有一册书，也没有本子，只有一大摞金凤凰大戏院的传单，至少有两百张，另外就是两支自来水笔和一盒黑色墨水。看来与学业有关的东西全都被她留在了宿舍，很难想象这两周她是如何打发时间的。

取出传单，我发现有几张的背面用自来水笔写了字，记了些简单的账目，像是"3月29日，成懋当铺，冬衣两件，三元"。传单用的是极粗糙的纸，墨迹或多或少地洇开，但整体给人的感觉很干净。那些笔迹通篇没有一处连笔，也没有错字，不过也仅仅称得上工整，远远谈不上美观，毋宁说沉稳得近乎呆滞，倒是很符合旁人对岑树萱的印象。

将传单放回书包时，我才注意到里面还有张照片，那正是葛令仪与岑树萱的合影，跟我手上的那张一模一样。

岑树萱把照片带在身边，似乎是把葛令仪当成朋友的。然而她并没有找这位出手阔绰的友人求助，反倒去投靠了一个同样孤苦无依的学徒。

到了我这个年纪，已经很难理解一个十几岁的女孩的想法了。

关上衣柜门，我知道自己没法再从这个干瘪的大烟鬼身上榨出更多情报了，但还是忍不住问了句，"你到底欠了多少钱"。岑老板许久都没有回答。我转过身，只见他已经闭上了眼睛，吮吸着烟管，缓缓吐出阵阵白色烟雾。

至少此时此刻，他正置身于一个没有债务的世界。

11

　　离开外厅,回到小院,天色已经彻底暗了下来。

　　雨还在下。落下来的雨滴比起刚才更加饱满了,就像是经过一整日的生长而终于成熟的果实,一颗一颗砸在我和翠娥身上。

　　"你是从冯姨那儿打听到这里的吗?这边的地址除了我们,就只有她知道了。"

　　"是从她那里,她还指望我劝你回去给她卖命呢。"我说,"这两周岑老板和他女儿一直住在这边?"

　　她点了点头。"本来就是他出钱租的房子,带着女儿住进来也是天经地义的事情,我反倒是借住的。只要他想,随时都可以打发我走。只是不知道他的余钱还能支撑多久,说不定到时候连他也要一起被赶出去呢。"

　　说到这里她叹了口气,眼睛直直地盯着我,问了句"你有烟吗"。我取出一支烟递给她,又替她点上火。她用左手护着香烟,生怕它被雨水浇灭。一阵香甜的烟雾在本就雾气氤氲的院子里腾空而起。

　　"你对他养女印象如何?"

　　"那女孩儿很乖巧,但总是一副心不在焉的样子,就好像人虽然在这里,魂却飘到别的什么地方去了。不过乖巧归乖巧,终究是个大小姐,家务事一点也不会做。她倒是肯学,就是学了半天还是不得要领。"

"最近还有什么人来过这里吗?"

"上周倒是有个从南京过来的小年轻,看着像个当兵的,说是在'黄参谋'手下做事情。"

"是岑老板叫来的?"

"总不可能是我叫来的吧。"

"所以,岑老板是打算把女儿卖给这位黄参谋,那边也派人来验货了?"

"他欠下的债又不是卖个女儿就能还清的,无非是想找个军方的靠山,好让债主们不敢动他。"

"算他聪明。黄参谋的特使对岑树萱可满意?"

"我没仔细听,似乎是满意的。"

"岑树萱又是什么反应呢?"

"当时没什么反应,后来的反应你也知道了。可能她也并没有表面看起来那么乖巧,说不定比我有主见多了。"说着,她将吸到一半的烟丢在地上。没等她抬脚去踩,那支烟就在积水中熄灭了。"你要是找到她了,可千万不要带她到这里来。"

"我当然只会带她去见我的雇主。"

"是不是照片上的另一个女孩雇了你?"见我不回答,她没再问下去,而是话锋一转,"如果冯姨雇你做事,你也会答应吗?"

"当然不会。"我说,"我这几年可没少坏她的好事。她若雇我做事,八成没安什么好心,准是想把我也拉下水。我才不会上当呢。"

"还是你活得明白,不像我就上了她的当。"

"如果上当才有活路,那该上当还是上当吧,管它明不明白

81

呢。活着才是最要紧的。"

我本以为自己很快就能找到回去的路，未曾想天一黑下来，自己就哪里都不认识了。

摸黑寻觅了一番，总算回到了宽敞些的大路上。破庙一带的路面不像老城那样铺着石板，裸露在外的黄土已变得泥泞难行。一想到辛苦了一天回去还要刷洗鞋子，我就有种在外面多闲逛一会儿的冲动。哪怕是在雨里。

还有一桩更让我苦恼的事情。

我不知该如何向葛令仪报告今天的发现。若直接告诉她，岑树萱可能跟男人私奔了，她一定会忍不住破口大骂，只希望那个时候不要惊动葛府的人。

就在这时，前方忽然出现一片刺眼的亮光。我定睛一看，是一辆汽车正朝着我缓缓驶来。那是辆福特牌的双座敞篷车，大约是黑色的，不知道具体是哪一年的款式。它有个折叠式可开启的帆布车顶，此时正发挥着挡风遮雨的功效。

一个人影从车上走下来，向我这边靠近。

那人背对着车灯，完全看不清长相，连衣服的颜色也无从分辨。从那黑色的剪影能看出他戴了顶宽檐帽，身穿西服，比我高出一头，体格在男人中也算精壮的。如果他想赤手空拳跟我干一架，我显然不可能是他的对手。

于是我把左手伸进包里，以最快的速度套上黄铜指虎。如此一来，我只要能占据先手，就未必没有胜算，至少也能来个两败俱伤。

"你有事吗？"

面对我试探性的提问，他毫不理会，继续一步步逼近。在我犹豫着要不要出拳的时候，那黑影猛地向前跨出一大步，伸手来抓我的衣领，但被我退后半步闪开了。他继续迈步上前，我看准时机，向上挥出套着黄铜指虎的左手，却在距离他的下巴不到两寸的位置被他一把抓住了手腕。

我还有机会，右手抡起手提包砸在他脑袋上，把他砸得一个趔趄。然而他抓着我手腕的那只手却始终没有松开。我用尽全力挣扎，依旧被牢牢钳住。

我心知大事不妙，做好了挨打的心理准备。

很快，他就抬起空闲着的左手，甩了我一记耳光，打得我脑袋里一通乱响，随后灼烧般的刺痛也在半边脸上蔓延开来。趁我发愣，他已经除下了我左手上的黄铜指虎，丢在地上并一脚踩住。

"刘小姐，我劝你老实一点。我没打算伤害你，只是有些事情必须问清楚。"

说这些话的时候，对方的脸依然隐没在帽檐投下的阴影里。他的语气很平静，像是已经见惯了这样的场面。他知道我是谁，从一开始就是冲着我来的。看来，我虽然跟踪别人的技术只能算刚刚入门，被跟踪却是一流的。

说着，他一把夺过我的手提包，将我推倒在地。地面已经被雨水泡得松软，我并不觉得很疼，反倒因为摔了一身泥而感到一阵反胃。

我想站起来，却被他喝止。但我还是想站起来。就在这时，缓缓地，他从西服内侧掏出一个银光闪闪的小物件。

借着车灯的强光，我看清楚了，那是把漂亮的鲁格P08，德国货，配得上他身上那件浆得笔挺的西装。他把枪口慢慢向下移动，直到对准了我。现在这个时间，打架自然不碍事，但若要开枪还未免太早。只不过，像这样一个开着福特汽车、握着鲁格手枪的人，恐怕并不受法律约束，也不能以常理揣度。

"看来只有这样才能让你老实一点。"

撂下这句话，他举着枪来到我面前，一脚踹在了我的左肩膀。皮鞋的鞋跟正好落在了锁骨附近，格外地疼。不过他应该没有使出全力，我能感到骨头并没有碎裂，手臂也还能活动。即便如此，这一脚也已经足够将我彻底踹翻在地了。

雨水一滴一滴落在我的脸上，也渗进眼睛里。

他收起手枪，开始借着车灯的光翻看我的手提包，将一样样东西拿出来并粗暴地丢在地上。起初是名片，然后是便笺本，还有手帕和煤油打火机，早上我一时脑热放进包里的左轮手枪也没能逃过一劫。

"柯尔特？娘们用的东西，倒是很适合你。"

就这样，他把那支 Detective Special 也扔到了泥地上，只是扔得更远些，让我没法伸手捡到。

最后，他发现了葛令仪给我的那张照片。他盯着照片看了几秒，然后冷笑了一声，将它收进自己的西服口袋里。

"原来如此。是葛令仪雇你去找那位岑小姐的？"

"你认识葛令仪？"

"是我在问你问题。"

"就算是她雇了我又如何？"

"倒也没什么，只是没想到你连女学生的钱都想赚。"他一脸鄙夷地俯视着我，就好像随时都有可能往我脸上吐口水。"简直比路边的野狗还饥不择食。"

"讨生活而已，哪里轮得到我挑肥拣瘦。"

"给你一个忠告，永远别插手葛家的事。"

"我只是在找岑小姐，怎么就成了葛家的事？"

他没有回答，而是抬起脚来，将我的黄铜指虎踢了出去。指虎撞在墙上，响声清脆，落在泥地上的时候就一点动静也没有了。

然后他就转身回到了车上。我强迫自己适应黑暗中的强光，勉强看清了车牌号码。福特车缓慢地后退，在路口处倒向左边，又一个加速冲进了右边的道路。

车灯的光亮很快就消失不见了。

我用没有伤到的那只胳膊支撑自己起身，又一而再、再而三地蹲下，捡起被他扔在地上的东西，不顾上面是否沾满泥巴，一股脑地全都塞进了包里。我的头发和风衣也已满是泥污，被踢了一脚的肩膀仍不断作痛。

此时我的心情坏到了极点。我咬紧牙，从包里取出沾满泥浆的黄铜指虎，用雨水冲洗一番，戴在了右手上，想着如果路上有哪个小流氓敢拦住我，就一拳打断他的鼻梁骨。算他们走运，直到我顺利走回侦探社，也没有谁撞在我的枪口上。

我不想一身狼狈地走进公共浴室，于是用煤气灶烧了壶开水，简单地洗了个头、擦了擦身子，换了身干净的浴袍，然后就瘫坐在椅子上不想动弹了。可是我必须动弹。皮鞋要擦，手帕要洗，左轮枪也要仔细清理一番，还有被踩脏的地板不得不打扫。

就在这时，电话铃响了。

我习惯性地伸出左手去拿听筒，肩膀顿时感到一阵剧痛，只好换成右手。

"刘小姐，是我，葛令仪。"那是我现在最不想听到的声音。隔着电话线，我能依稀听到她的声音在颤抖，还夹杂着断断续续的啜泣，就仿佛此时正有一把枪抵在她头上。"我之前拜托你寻找我的朋友，是我考虑不周，就当我没有找过你吧。那三十元钱

85

也不必退了。"

还没等我开口,她就已经挂断了电话。

12

第二天，我一觉睡到了九点钟。简单吃过早饭之后，我给自己泡了杯咖啡，点了支烟架在烟灰缸上，从书橱里取来一本陀思妥耶夫斯基的《穷人》，准备看书打发突如其来的假期，努力忘记昨天的不幸遭遇。

之所以选这本书是因为我买了它快两年，却始终没有读完，每次都是才看了二十来页就接到了生意，忙完之后又忘记看到哪里，只好从头再来。这一次我又翻开了小说的第一页，从第一封信的第一行开始读。我读得很快，毕竟很多内容都有些模糊的印象，不知不觉又读到了第二十页。

就在这个时候，忽然听到楼道那边传来一阵急促的脚步声。通常只有听到火警铃、赶着去避难的人才会跑得那么着急。

心里有个预感告诉我：这回也只能读到这里了。

果然，脚步声的主人停在了侦探社的门口。对方没有敲门，而是直接推门闯了进来。

是葛令仪。她穿了件白色的长袖运动衣，下面则是条松松垮垮的灯笼裤，裤腿遮住了膝盖，又与白色袜子相接，像是生怕露出一寸肌肤。她气喘吁吁，额头渗出的汗珠粘住了几缕发丝，运动衣也被汗水浸湿了，看上去十分狼狈。

我起身迎接她，她则毫不客气地坐在了我对面的椅子上，拿起我放在桌上的《穷人》当扇子扇风。我知趣地递过去一块干净的帕子,教她擦擦汗,又问她要不要喝咖啡。

"水,水就可以了。"

于是我替她倒了杯凉开水,她接过去一饮而尽。

"刘小姐,你真是把我给害苦了。"葛令仪把水杯粗暴地放在桌上,瞪着眼睛努着嘴,也不知心里是愤怒更多还是委屈更多,那模样倒是挺惹人怜爱的。"我那么信任你,才把照片交给你保管,怎么随随便便就被人给抢走了。"

"抱歉,是我不小心。我这就把钱退给你。"

"不是钱的问题。"

"昨晚你母亲为难你了吗?"

"自从住进了大伯家,家母就再没有打过我。"她说,"都是用掐的。"

说着,葛令仪站起身来,拎起一条裤腿,一直提到没法再向上提为止,向我展示大腿上的瘀青。

至少在那一瞬间,她在我眼里不再是个喜剧角色,而成了个悲剧的主角。但也只是一瞬间罢了。毕竟这世上有人一出生就被溺死在茅厕里,有人五六岁就被掰断了脚趾,有人每天要在闷热的车间里工作十二小时,还有人在十七岁时就收到了一纸休书。相比之下,葛令仪腿上的瘀青更像是童话故事书里的一个笔误——一个不算很严重的笔误。

至少她母亲还爱着她,只是表达爱的方式没那么得体。

"刘小姐,你知道掐比起打来高明在哪里吗?"

"更疼?"

她摇了摇头。"打的话,不论是用什么打,打在什么地方,总归是有动静的,若让葛公馆的其他人听见,免不了要被议论。

家母是个很要面子的人。"

"她这么掐你，你若叫出声来，不还是会被人听到吗？"

"我也是很要面子的，能忍得住。"

"我该怎么补偿你呢？"

"没什么好补偿的。继续帮我寻找树萱就是了，一定要找到。"她放下裤腿，坐回到椅子上。"钱我还会照付。"

"从我手里抢走照片的，是葛府的人吗？"

"是汪七，拿着照片向家母告密的也是他。"葛令仪没好气地说，"汪七是大伯的手下，很受信任，听说做过不少脏活儿。其他人都很怕他，只有家母跟他很亲近。"

"哪种亲近？"

"就是你想的那种亲近。"

"这位汪先生还真是个人才啊。在葛府懂得讨好你母亲，在外面又能换一副面目，痛打别的女人。"

"他打了你？"

我给她指了指微微红肿的右脸。脱衣服太麻烦，就没给她看肩膀上的鞋印。

"看来做你这行也挺辛苦的。"

"可不是吗，就像做大小姐一样辛苦。"

"刘小姐这是在讽刺我？"

"那倒没有。我也做过几年大小姐，所以清楚。"我赶在惹恼葛令仪之前转移了话题，"你手上还有岑树萱的照片吗？"

"没有了。我们只在一起拍过那一张照片，一共洗了两张。我那张已经被家母给烧掉了，另外一张在树萱那里。当时是在丁聊路上的照相馆拍的，那边说不定还有底片。"

"照片的事情我会想办法。之后我该怎么向你报告进展呢？"

"我会找机会打电话给你。"

于是我递给她一张印着电话号码的名片,她没有伸手去接,只是看了一眼就表示已经记住了。

"说起来,葛小姐,你为什么要继续雇我而不另请高明呢?"我说,"你看,我已经搞砸了一次,还害你受了皮肉之苦,何必继续信任我?"

"既然已经雇了你,那就继续雇下去,我没考虑太多。而且,我给了你三十元钱,你只替我工作了两天,如果就这么收手,岂不是吃了亏吗?"说到这里,她看了一眼座钟。"体育课快结束了,我也该回去了。"

我把葛令仪送到门口,看着她快步跑下楼梯。她愿意继续雇我自然是好事,我也不甘心上门的工作被人随随便便打断。虽然肩膀的疼痛还在提醒我昨天的遭遇,但这也是讨生活必须付出的代价,我又怎么能向这代价低头呢?

同时我也在庆幸,她刚刚没有问起调查的进度,省了我不少麻烦。

只不过,如果岑树萱真的已经跟那位学徒私奔了,过上了清贫、苟且、朝不保夕的日子,我真能说服她再次出现在葛大小姐面前吗?葛令仪在知道这一切之后,又是否还能接纳昔日的友人?

算了,这也不是我该烦恼的事情。我只要完成自己的工作就好了。

这样想着,我拨通了江左日报社的电话,接听的正好是我唯一的友人白卡萝。我约她一起用午餐,顺便借她那辆雪铁笼[①]一

[①] 今多译为"雪铁龙"。

用。汽车是报社的财产,但因为记者之中只有她会驾驶,一直是她在开。她借给我用未必合乎规定,但我也没少免费替报社跑腿,其他人即便知情也会睁一只眼闭一只眼。

"只是要借车吗?"

"还想打听一下葛天锡家里的事情。"

"有人拜托你去调查他?这样的工作还是不接为妙啊。"

"那倒没有,调查大人物的活儿就算我想接也轮不到我想接也轮不到我。是他侄女拜托我寻找一个失踪的同学。但我总觉得事情没有这么简单。"

"为什么这么觉得?"

"因为有人想阻止我——是葛天锡手底下的人。"

13

距离中午还有段时间,我决定先去翠娥那边一趟。

天虽然放晴了,破庙一带的道路仍不乏积水和泥泞处。我一路走得很小心,花了不少时间才找到那座小院,敲门之后翠娥很快就过来开了门。

她那张脸依旧如昨日般愁苦,此时又多了几分焦急。

"昨天你离开之后没过多久,又来了个穿西装的男人。我拦不住他,他闯到里屋去,非要逼问出树萱的下落,还动了手……"

"那人是不是戴了顶宽檐帽?"

她点了点头。

"岑老板被他打了?"

"挨了一两拳而已,不打紧的。就是被吓得够呛,今天一大早就收拾东西逃掉了。"

"你知道他又躲去了哪里吗?"

这次她摇了摇头,叹了口气。"你是做侦探的,能不能帮我找到他?"

"我很想帮你。"我如实相告,"但雇我很贵,劝你还是不要花这个冤枉钱为好。那种男人,就随他去吧。"

"我手边确实也没什么钱了。"

"岑老板早上把他女儿的东西也一并带走了吗？"

"那倒没有。"

"昨晚那个穿西装的男人有没有翻过家里的东西？"

"也没有。"

"那就好。岑树萱的书包里应该有张照片，跟我昨天拿给你们看的那张一模一样。你能帮我找到的话，我愿意出钱买。"

我摸出一张五元的票子。她看到钱，会意地点了点头，转过身去走进了平房，没过多久就拿着照片回到了院门口。

"是这张吗？"

"就是这张。"

我不知道岑树萱的照片还能不能派上用场，也知道这绝对是笔亏本的买卖。毕竟，这样一张照片绝不可能跟装满首饰的妆奁一个价钱。反正这五元钱之后能问葛令仪要，就当是劫富济贫吧。

拿到照片，时间已临近正午，我向翠娥告别，动身前往临港区赴约。

临港区原本是英国人的租界，北伐胜利后几经交涉才回收了主权。然而政府却视其为一个碍眼的私生子——一个孽种或杂种——不愿再为它投入哪怕一元钱的财政预算。但即便如此，英国人留下的底子尚在，贯穿临港区的丁聊路依然是省城里最繁华的地段，远非政府新规划的府眉路所能比拟。

江左日报社也在丁聊路上，占了不大不小的一幢楼。

我和卡萝约在报社附近的一家咖啡馆共进午餐。那个店名我从未弄清楚过，只记得是个 H 开头的英文单词，不是 Hestia 就是 Hysteria。

曾听卡萝说起，这家咖啡馆原本是附属于舞厅的酒吧，后因舞厅经营不善、入不敷出，只好在白天做起卖咖啡的生意；又因为省城里喝咖啡的人不多，只好再做些简易的西餐，然而生意依然是惨淡的。这就好像一件不合身的衣服，经过几次改工终于能穿了，但和一开始就合身的衣服相比，终究少了些上身的机会。

我走进店里时卡萝已经到了，正坐在最靠里面的位子上，百无聊赖地翻看着菜单。

我们约在这里用午餐，只是因为它安静、萧索，不像附近其他饭馆那样人多眼杂。明明是饭点，整家店里除了我们，就只有一个独自坐在窗边的女学生，手里捧着本邵洵美的《花一般的罪恶》，读得昏昏欲睡。我猜她这辈子做过最与"罪恶"沾边的事情就是逃课出来泡咖啡馆了。

我在卡萝对面坐下。

"你每次都迟到。"

"不如下次约在我的侦探社附近，如何？到时候估计就是你迟到了。"

"那还是算了吧。你那边又没什么像样的馆子。"

卡萝是个生长在省城的英国人，父母都是传教士。她有一头浆果色的短发，眸子是焦糖色的，皮肤白得像奶油。和很多西方人一样，卡萝的颧骨附近散布着雀斑，也有几颗落在了鼻梁上，颜色很淡，只要略施薄粉就能遮盖住。

这副长相为她的记者工作增添了不少麻烦，但也提供了许多便利。

她把菜单递给我，似乎是已经决定了要点什么。我叫来侍者，要了盘咖喱鸡饭，卡萝则点了一份淋上了辣酱的炸猪排。

我和卡萝是在纽约认识的，那是大萧条以前的事情了。

当时我刚刚被抛弃在异国他乡，离婚的赔偿金迟迟没有从国内寄来。卡萝正在巴纳德学院读书,在报纸上看到了离婚启事,就想尽办法联系到了我,说是要做个采访。我接过她递来的美钞,向她哭诉了两个小时,其间还不止一次想用钞票擤鼻涕,都被她阻止了。

自那以后我们就成了推心置腹的朋友。

那段时间,我靠替当地的华人洗衣服过活,日子很艰难。卡萝虽说是个穷学生,倒不至于过得太凄苦,时常还会接济我。在她的帮助下,我的英文水平突飞猛进,业务也很快就从洗衣服拓展到了兜售私酒,不到一年就赚够了回国的船票钱。等到卡萝毕业,她就邀请我一起来到省城。她如愿成了一名记者,我则发挥自己会开车、会打架、会用手枪的专长,做起了侦探社的生意。

顺便一提,那笔离婚赔偿金我到现在也没收到。

"你的脸怎么了?"

"昨晚遇到点小麻烦。"我象征性地揉了揉左肩膀,"这里也被人踹了一脚。"

"难怪你要了咖喱鸡饭。"

"是啊,只有这个是用一只手也能吃的。"

她把车钥匙放在空荡荡的桌上。"那你还能开车吗?"

"这条胳膊只是一动就疼而已,又不是不能用。"

"做侦探这么危险,要不要改行来我们报社工作?"

"你也知道,我写文章是什么水平,中文写得尚不如你这个英国人好,英文就更不必说了,怎么可能进得了贵社。"

"进了报社也不一定要写文章,也有跑调查的工作。"

"我做现在这一行,多数时候还是替有钱有势的人卖命,尚且会遇到麻烦。为报社跑调查,那就是要与权贵们为敌了,岂不是更危险吗?"

"你说得也有点道理,但没什么说服力。我们虽然时常跟权贵作对,写些责人小过、发人阴私的报道,却从来不敢去招惹葛天锡这样的人物。"

"我也没想到会变成这样。"我说,"还以为只是帮一个女学生找另一个女学生而已。"

这时侍者端来了我们点的炸猪排和咖喱鸡饭。卡萝一如既往,仔细地用餐刀切割食物,仿佛恪守着"割不正不食"的圣训。她细嚼慢咽,我倒是吃得很快,几乎没尝出什么味道就吃完了那盘黄褐色的糊状物。

"你想打听葛天锡家的事情?"

"方便透露吗?"

"倒也没什么不方便的。"

卡萝叫侍者过来撤去餐盘并擦干净桌子,从手提包里取出几张对折过两次的报纸,放在桌上。

她翻开报纸,找出一张印刷模糊的正面照,指给我看。

"这位就是葛天锡。"

照片里葛天锡有些发福,耳垂尤其肥大。那双猪一样的小眼睛显然没有看镜头。他有个挺拔的鼻梁和两个形如枣核的鼻孔。嘴巴则是大而厚实的,上面蓄了两撇胡子。下巴倒是刮得干干净净。头发早已不再浓密,但也称不上秃顶,半数发丝已经白了,剩下的则与漆黑的背景融为一体。

"倒是和我想象的差不多。"

"这些资本家啊,年轻的时候长相上还各有各的特色,等赚到了钱就渐渐长成一副样子了。"

"你还有他年轻时候的照片吗?"

"没有,但多少能想象。听说他年轻的时候可不是什么正经人。"卡萝说，"这个葛天锡也算是出身于乡下的望族，还是家中长子，原本能继承祖宗的产业。偏偏他嗜酒好赌，赌输了就被庄家扣下，等家里人拿钱去赎。家底再殷实也禁不起他这么折腾，家里很快就跟他断绝了关系。后来他去上海闯荡，加入过帮派，也在北方待了几年，可是依然改不掉好赌的毛病。不过他赚到点小钱之后就开始赌股票、赌公债，估计是拿到了什么内部消息，竟然总能被他赌对。几年之内，他就从一介落魄公子，摇身一变成了百万富翁。正赶上政府要建设省城，他便拿出一大笔钱来建工厂和商铺，自己也搬到这边来，成了本地最大的资本家。"

"他应该被德莱塞写进小说里，而不是被你们写成报道。"

"葛天锡还有个叫葛天民的弟弟，他们那一辈只有这兄弟两个。哥哥被扫地出门，弟弟捡了便宜，在老太爷死后成了一家之主。"

"葛令仪是葛天民的女儿？"

"没错。听说葛天民是个本分人，偏偏福薄，年纪轻轻就染上了痨病，受不了病痛折磨就吞鸦片死了，留下一对孤儿寡母。后来老家那边不太平，又是洪水，又是兵乱，正巧葛天锡也发达了，就把她们母女接到了葛公馆，还供葛令仪去念女校。"

"大概是葛令仪几岁时的事情呢？"

"怎么也有十一二岁了吧。"

"这么说来，葛令仪在那之前还不是个大小姐？"

"她当然是，葛家在当地又不是没有势力，只不过当时还不是城里的大小姐罢了。"

"那她也挺不容易的，插班进圣德兰，想想就很辛苦。"

"葛家肯定替她雇了最好的英文教师，如果打听一下说不定还是我认识的人呢。不会像你当初学英文那么辛苦。"

"葛天锡自己没有孩子？"

"应该是没有。他在上海被人开过一枪，子弹射进了脊柱。听说自那之后就失去了一些男人的功能。他把葛令仪接来，没准是想要当成继承人来培养。"

"他若想着传宗接代，不应该从远一点的亲戚那里过继一个男孩吗？"

"他自己就是个无父无君的主儿，被家族扫地出门，哪还会在乎什么传宗接代。而且女孩不是更好控制吗？到时候他看中哪个手下，就让那人娶了葛令仪，反倒比收养个不知能不能成器的男孩更舒心。"

"可我听说他有个同居的姘头，就住在葛公馆里。"

"你说汪小姐啊。他们都说葛天锡只是把她当成一个装饰客厅的花瓶，我倒觉得是当成私人秘书在使唤。这位汪小姐原本就是做交际花的，很会应酬，人脉也广，这几年帮了葛天锡不少忙。前不久有个慈善义卖会，省城里的名流全都到场了，就是这位汪小姐主持操办的。"

"她姓汪啊。真巧，昨晚对我动手的那个男人也姓汪。"

"你说的莫不是汪七？"

"好像是叫汪七。"

卡萝又翻开一张报纸，找到一张占了四分之一版面的大合影。

"这张照片是我在慈善义卖会的会场外拍的。"她指了指葛天锡旁边的一个男人，"这个人就是汪七。你看看是不是他打了你？"

照片上的男人有一对死鱼眼，耷拉着眉毛，嘴也向下撇成八字，整个身体都紧绷着，就像一条训练有素的猎犬，小心翼翼地守在主人身边。当时我没有看清他的脸，但认得戴在他头上的那顶宽檐帽。

"就是他。"

"他是汪小姐的远房亲戚，一直在为葛天锡做事，听说很受器重。如果是他找你麻烦，那背后说不定真是葛天锡在指使。"

"葛天锡为什么要阻止我帮她侄女寻找同学呢？"

"这我就不知道了。这几天他名下的济和纱厂正在闹罢工。昨天军警出面打伤了不少人，还一口咬定里面有'赤色分子'在煽风点火，抓走了几个带头闹事的女工。他应该也在为这事着急，估计没空插手别的事情。那个失踪的女学生跟罢工有什么关联吗？"

"目前还没发现关联。她只是个普通的女学生，家里欠了钱所以举家去躲债了，后来发现养父要将她卖给南京那边的军官，就又从躲债的地方逃了出去——就是这么一回事。"

"你还打算继续查下去？"

"已经接下的工作，遇上麻烦也得查下去啊。"

"看来葛令仪给了你不少好处。"

"那倒没有。不过我还蛮喜欢她的，打算帮人帮到底。就算要收手，我也想弄清楚葛天锡的人为什么要阻止我。"

"问我借车，该不会是想要跟踪汪七吧？"

"你真聪明。怎么，不愿借给我了？"

"反正你若弄坏了就照价赔偿，我这边不会有什么损失。但你还是小心些为好，我听说汪七做过不少脏活，也背了几条人命。"

如果只是这样的话，那我反倒没什么好顾忌的了。毕竟我也做过不少脏活，也背了几条人命。只不过，他用的是鲁格手枪，我用的是柯尔特左轮；他开福特牌敞篷车，而我只借到了一辆

99

一九三〇年产的雪铁笼C6。

　　如此看来,我好像还真不是他的对手。

14

我已经很久没有驾驶过这辆雪铁笼了,所以花了一点时间来适应,然后就把车开到了葛府的大门附近,停在不远处的一片树荫下。这一带全都是富贵人家的宅邸,就算被汪七看见也只会以为是邻居家的车,而绝不会想到我正坐在里面。毕竟,他应该也很清楚,以一个私家侦探的收入,这辈子都不可能买得起汽车。

我就在那里等,一根接一根地吸着烟。在我将一包新拆的哈德门抽得只剩一半时,那辆福特牌的敞篷车终于从拐角处现身,驶进了葛府的大门。

今天他没有架起帆布顶子,隔着老远我就认出了那顶宽檐帽。

我继续等,也继续吸着烟。

直到太阳西沉,香烟也只剩下两根的时候,那辆车才驶出葛府,向北疾驰而去。我也踩了脚油门,跟了上去。

汪七一路把车开到了江边的工业地带,像是在寻找着什么,穿梭于一片惨遭弃置的厂房中间。那些夕阳下的庞然大物,就像是一座座纪念碑,用以铭记主人的经营不善与最终破产。

世道如此,一间工厂能顺利建成已是谢天谢地,能开工投产更是命运的恩赐,若能坚持个三年五载而不倒闭,那简直就是奇迹了。况且,即便工厂的经营不出问题,不安分的资本家们也总能以各自的方式走上破产之路,再连累自家工厂也遭殃。我总怀疑，江边这些厂房的建设速度尚赶不上废弃的速度。砖瓦的房子废弃了，还会有穷苦人将其拆去另盖新屋。钢筋水泥的废工厂就连这点价值也没有。

汪七的车越开越慢，我始终与他保持着不会被发现的距离。

天色完全暗了下去。今天是旧历二月二十九，月亮几乎不会现身。几颗孤星和远处的灯火，都不足以照亮江边的夜。有段时间我几乎要跟丢了，好在他打开了车灯，让我的跟踪一下子容易了不少。

他在一座厂房前停了下来，那里似乎有他要找的东西——门口停着一辆卡车。

这座厂房不知从前是生产什么的地方，旁边立着个高得吓人的烟囱，在黑暗中，只看一眼就能让人感到头晕目眩。

汪七下车并打开手电筒，一步步走向那栋建筑，消失在了门口。

我也走下车，取出煤油打火机照明，凑到卡车旁边看清了车牌号：一二〇七。

就在这时，从厂房里传出一声枪响，把落在房顶上的鸦群吓得四散而逃。我也感觉不妙，连忙躲进一堵断墙投下的阴影里。

没过多久，从厂房里跑出三个人影来。夜幕之下，我看不清他们的长相，连衣着也只能凭轮廓猜测。夹在中间的人影稍矮些，从体态判断应该是个女人。她似乎跑得不太情愿，跑在前面的人拽着她的手腕，后面的高个子还推了她一把。

我仔细观察那个剪影，发现她好像戴了顶贝雷帽，拎着个手提包，说不定正是我要找的岑树萱。

然而此时此刻，我什么也做不了，只能眼睁睁地看着他们跳上卡车。

等卡车驶出一段距离，我也坐回雪铁笼里，驾车追了上去。

卡车沿着江边的道路一直开到了临港区。入夜之后的省城，路上的车寥寥无几，即便是丁聊路也不例外。在某个路口，卡车拐进一条小巷，兜了一圈又回到了丁聊路上，很显然他们已经注意到被跟踪了。走完漫长的丁聊路就进入了地形更复杂的新区。那一带尚在建设之中，工地随处可见，隔三岔五就冒出一座新楼，再加上罕有路灯照明，我并不清楚自己究竟追到了哪里。

卡车又接连拐了两个弯，我也跟了过去，一路追到一个像是停车场的地方。那里歪七扭八地停着十几辆相同型号的卡车，全都熄了火。我不确定卡车上的三人是已经下车逃走了，还是依然躲在车上。

犹豫片刻之后，我走下车，逐一查看车牌号。刚查到第三辆就听见一阵引擎发动的声音，正是停在右边的那辆卡车。值得庆幸的是，我站的位置绝无可能被撞到。但我很快就意识到对方手里可能有枪，于是快步躲到了面前的卡车左侧。

那辆车牌号是"一二〇七"的卡车飞速驶出了停车场，拐了个弯就消失不见了。我再次驱车去追，却为时已晚，在附近转了几圈，都没能再发现相同型号的卡车。

这条线索就只能断在这里了。

我将车开向江边，准备回废工厂一趟。途中我反刍着眼下的状况，感觉汪七怕是凶多吉少了。虽然他动手打过我，还害我在雇主面前丢了脸，我依然希望他活着，毕竟有些事情只有他能告诉我。

可惜事与愿违。

我举着煤油打火机走进空荡荡的厂房，很快就看到了一个正面朝下倒在地上的人影。那人穿着笔挺的西服，一动不动，旁边落了顶宽檐帽和一支手电筒。手电筒可能是摔坏了,已不再发出任何光亮。

我还发现在不远处的地板上倒着一支蜡烛,我将它立起来并点亮,这才看清整间厂房。设备早已被撤去,地板积了厚厚一层灰。地上铺了几块毛毯,看起来很新,似乎有人想在这里过夜。旁边还有几张包食物用的油纸,压在一块啃得只剩骨头的酱鸭下面,另外就是些鸡蛋壳和芋艿皮,以及两个被喝得一滴不剩的玻璃汽水瓶。

倒在地上的人已经没了呼吸。他的后脑显然被敲打过,还不止一次,每一次都下了死手。凶器应该是现场的第三个汽水瓶,上面沾着血,被丢到了更远些的位置。

我深吸了一口气,将尸体翻过身来,发现有个子弹壳被他压在身下。虽然看到宽檐帽的时候就已经确定了死者的身份,我还是仔细观察了那张脸。他的一双死鱼眼依然没有闭上,脸上是既痛苦又错愕的表情。

这的确是我在报纸上见过的汪七的脸,虽然表情不同,但不难认出。

在他的西服和裤子口袋里,我只翻出了车钥匙。之前见他从怀里取出的鲁格手枪已不见踪影。我也没发现钱夹一类的东西,八成是被拿走了。

正当我准备收手的时候,忽然发现他的西服内侧有个不易察觉的口袋,开口不大却很深,里面似乎放着什么东西。我把手探进去,摸出一个信封,上面用自来水笔写了"葛天锡先生亲启"七个字,并没有写上寄信人和收信人的地址,也没贴邮票。

打开信封,里面只有一张薄薄的笺纸、一张照片。

那张照片已经泛黄褪色了,纸也很脆。一个西服革履的男人站在照片左侧，还像模像样地拎着根手杖；右边则是个坐在椅子上的女人，穿了件浅色的连衣裙，样式十分浮夸，我只在西方油画里见到过。

女人怀里还抱着个襁褓中的婴孩。

我确信自己没有见过照片里的这个女人。新月眉、杏核眼、宽额头、尖下巴，再加上略显刻薄的高颧骨，拆开来看全都是寻常相貌，但以这种方式组合起来的我确实没有印象。站在旁边的男人倒让我觉得眼熟。虽然年轻了许多，厚实的嘴巴上面也没有留胡子，我还是从那猪一样的小眼睛和狭长的鼻孔认出了他——这分明就是葛天锡。

照片背面，用蝇头小楷写了一行"戊午年于中华照相馆"。省城里并没有叫"中华"的照相馆，上海的南京路上倒是有一家，我之前去那边办事时曾路过。至于戊午这个干支，最近的是民国七年，也已经是十六年前了。

笺纸上只有两行字，是用自来水笔写的：

若想再见到你的亲生女儿，
限三日内速筹现金五万元。

信封和笺纸上的字迹，全都沉稳得近乎呆滞，我一眼便能看出是谁的手笔，毕竟昨晚才刚刚在翠娥家里见过。

这显然是岑树萱一笔一画写下的。她应该是受到了胁迫。

我愈发确信，刚刚看到的人影就是我一直在找的岑树萱。她在经历了逃债和私奔之后，又遭遇了绑票，实在是命途多舛。至于她是不是照片里的婴儿，又是不是葛天锡的亲生女儿，虽然暗示已足够多，终究没有确切的证据，也没必要急着得出结论。

我正准备将信封收进包里,却听见外面传来了刺耳的刹车声,一声之后又是一声。事情可能在往最坏的方向发展。刹车之后又响起一阵脚步声,对方应该有四五个人。一个尖锐而沙哑的男声从门口向我喊话:

"警察。里面的人放下武器,不要做无谓的抵抗。"

昨天在虹光看的那部电影里,蛇蝎夫人被乱枪击毙的那场戏其实拍得很蹩脚。女明星的演技假得要命,道具枪看着完全不像那么回事;而且血浆太稀也太少,明显是偷工减料了。如果我现在握起左轮手枪,就这么走出厂房,一定能演出更好的效果。

我叹了口气,把信封放回汪七的口袋里,站在原地等着被逮捕。

15

厂房外面，除了汪七的福特和我借来的雪铁笼，又停了两辆警车。左边那辆是敞篷的，右边那辆包裹得严严实实，一看便知是押送犯人用的。

我上了右边那辆。

起初，他们并没打算给我戴上手铐，但从我的包里发现左轮手枪和黄铜指虎之后就改变了主意。一个看上去只有十七八岁的警员跟我一起坐在后排。一路上，他正襟危坐，眼睛始终直视前方，就仿佛司机才是他奉命看管的嫌犯。

在警局门口，我遇到了一位老熟人，侦缉队的孙警官。

我很少见他穿戴得如此整齐，帽子戴得端端正正，皮鞋擦得锃亮，上衣的每颗扣子都系上了，皮带紧紧咬住腰间的衣料，连之前立功时获赠的奖章也一并挂在了胸口，像是要迎接某位大人物的到来。

孙警官论官职只是副手，侦缉队实际事务却都由他负责。听说那位从没露过面的王队长，甫一上任就开始疗养，如今已是病入膏肓。

"这不是刘小姐吗，你又惹了什么麻烦？"

"葛天锡手下有个叫汪七的你知道吧？"

"当然知道。"

"他被人干掉了，我正好站在尸体旁边。"

"刚刚面粉厂有人听到枪声，以为是济和纱厂那边又出事了，就报了警。我派人过去，结果把你给带回来了。"

"跟济和纱厂没什么关系，他是在一个废工厂里被人打死的。"

"地点是没关系，但人有关系啊。"他从口袋里取出一支烟，又划了根火柴点着，猛吸了几口。"得通知一下葛公馆了。"

这时，在一旁的警员插了句嘴，问今晚要不要审问我。

"还是算了吧。"孙警官说，"先把她带到七号房关一晚，我明天一早再审她。"

我也算是警局的常客了，但被收押却是头一遭。那个警员推着我穿过空无一人的走廊，又经过一个没比天井大多少的院子，最终进入一座灰黑色的二层建筑。里面灯火通明，弥漫着一股腐臭。

他按照孙警官的指示把我带到了七号房门口，打开了铁门。门上有个带铁栅栏的小窗，但里面光线太暗，什么都看不清楚。

"今晚你就在这里委屈一下吧。"说着，他替我解开手铐，不算很用力地将我推了进去，又在关上门之前补了一句，"好好照顾你的狱友，她可能快不行了。"

我在原地站了几秒，让眼睛适应黑暗。借着从小窗透进来的走廊的光，我看清了这间囚室。房间很小，还不够一个灵感枯竭的诗人在其中踱步。地上铺着稻草，墙上有个带铁栅栏的小窗。一个墙角放着个盛水的碗，另一边则是个散发着恶臭的尿壶。

在墙边，我看到了警员口中的"狱友"。

她平躺在地上，穿了件青莲色的短衫和黑长裤，全都破败得不能蔽体。透过衣服的破烂处能看见一道道难以愈合的伤口，显然是用鞭子抽打出来的。十根手指的指甲尚在，但若仔细观察就会发现里面全都渗着血。两条腿都从膝盖那里断掉了，扭成了一个极不自然的姿势。赤裸的脚底板上能隐约看到暗红色的烫伤。

她剪了一头女学生一样的短发，额头的发丝被血和汗水粘成一绺。脸已经肿得不成样子了，只有左眼尚能睁开。鼻子也被打得变了形，鼻血染红了半张脸。

以我粗浅的医疗知识也能判断，她大约是活不过今夜了。

女孩缓缓地向我转过头来，那张本就惨不忍睹的脸扭成了一团。我能听到她紧咬住牙齿的声音，转头这个简单的动作恐怕已经耗尽了她全部的力气。

"水……"

听到她的低语，我端起放在墙角的碗，凑到鼻子边嗅了嗅味道。没什么异味，看来的确是清水。等我把碗递到她嘴边，她却如痉挛一般快速而小幅度地摇了摇头。我这才意识到，她可能是在问我是谁。

我放下水碗，告诉她我的名字和职业。她不再理会我，开始剧烈地喘息，每喘一次都牵动着全身上下的伤口。我不忍再见她受苦，从风衣口袋里摸出那包所剩无几的香烟，从干瘪的烟盒里取出最后两支，拆开卷纸，将烟丝倒在手上。

在美国时曾听人说起，口嚼烟丝有少许止痛的效果，也不知这话是否能当真，此时唯有死马当活马医了。

我用另一只手掰开她的嘴，将烟丝喂了进去。

"嚼一下，不要咽。"

她吃力地咀嚼了几下，就再也嚼不动了。我把卷纸摊开递到她嘴边，让她把烟丝吐到上面，她却一口咽了下去。

"严……志雄……"

她忽然开口说出一个名字，我急忙把耳朵贴了过去。她又重复了一遍"严志雄"，口齿依然不清晰，却很连贯，说完又剧烈地喘息了起来。

我不知道这个名字具体对应的是哪几个字，也不知道对她意味着什么。但这的确是我从她口中听到的最后的话。后来她就一直紧闭着眼睛，呼吸渐渐微弱，最终在天亮之前断了气。我坐在尸体旁边，起初尚有一腔怒火，时间久了就只剩下了无奈，一如这片土地上的所有怒火都终将化作无奈。

铁门再次打开时，我已经能心平气和地面对来接我的警员了。

他把我带到了审讯室，孙警官正揉着惺忪的睡眼，坐在桌子后面等我。他一定有很多话想问我，就像我也有很多话想问他。

"孙警官，跟我关在一起的那个女孩犯了什么事，你们要下这么重的手？"

"怎么，你倒开始审问我了？"

"不想回答就算了。反正你想问我的，我肯定也不打算回答。"

"我们可没那个本事，是南京来的人动的手。"他说，"这个叫黄玉英的，是个有钱人家的小姐，却跑到济和纱厂做了个女工，还整天挑唆别的女工跟她一起闹事。南京的人觉得她可疑，就想好好盘问盘问。"

"你们所谓的'盘问'，就是活活打死？"

"那就是她的问题了。南京派来的那几个小年轻一看就是新手，不知道把人吊起来的时候该站在哪里，结果被她连踢了好几脚，一时脑热就下了死手。不过这样对她也好，真的被扭送到南京去，只会受更多苦。"

"南京来的人还在省城？"

"还在，就住在万国大饭店。济和纱厂的事情闹得有点大。这一停工，每天都是三五万元的损失。葛天锡也坐不住了，就从南京叫了些帮手。"

"你也打算叫那帮人来审我？"

"他们可不是我能调动的。"

"但葛天锡能。"

"刘小姐，你真聪明。"他哼了一声，"把你跟那个赤色分子关在一起，也是想让你有个心理准备。如果他们要把你也吊起来，我劝你最好老实一点，管住你的腿。"

我已经弄清楚了状况。汪七是葛天锡面前的红人，他身上的信又牵扯到葛天锡的家事，警局上下都不敢自作主张。孙警官愿意在这里跟我闲扯、而不问我昨晚发生的事情，也是因为要等候葛府的指示。

就在这个时候，一个警员推门进来，跑到孙警官身边耳语了几句。我听不清他说了些什么，但从孙警官脸上的表情来看，应该不是坏消息。

"刘小姐，算你走运。葛天锡想跟你当面谈谈。"

16

葛天锡派了一辆墨绿色的福特 A 型车来接我。

站在车门旁的司机看起来年纪很轻，瘦弱得撑不起身上的西服，眼睛里却有一股不服输的狠劲儿。我敢断言，他若去上海混帮派，不出一个月就会惨死街头。

他原本打算直接载我去葛府，但我执意要先回侦探社一趟。

"葛先生嘱咐说直接带你去见他。"

"总不能让我这副样子去见你家主人吧，那也太没礼貌了。"

听我这么说，他将我上下打量了一番。他看向我的目光完全是公事公办，不夹杂一丝一毫的欲望，就像是在判断一辆撞毁了的汽车有没有修复的希望。那一瞬间，我便知道自己现在有多狼狈了。

他最终同意让我先回侦探社换身衣服。

路上，我检查了一下手提包里的物品，左轮手枪、黄铜指虎以及煤油打火机都还在，只是钱夹里少了几张小面额的钞票。

被带进警局还能全身而退，这也是必要的代价，不必计较。

回到侦探社，我用自来水简单地洗了洗脸，又梳了梳头、重新涂了些发蜡。除了贴身的衣服，我把全身上下都换了一遍。唯独风衣只能将就一下了。另外一件相同款式的前天沾上了泥，还没送去洗。其他的外套都不适合这个季节。

脱下皮鞋,在里面闷了一天一夜的双脚早已臭得像一道安徽菜,却也来不及洗,只好先把鞋袜都换掉。

出门之前,我搽了些卡萝给我的玫瑰香水。当然,也没忘记把左轮手枪和黄铜指虎放进抽屉,又从里面取出一包全新的哈德门牌香烟,塞进口袋。

葛府所在的富人区其实是片高地,早些年被称作秃山,直到卡萝小的时候还一直荒废着。听她说那时还有野猪出没,偶尔跑出来侵扰附近的住户。如今这一片已是公馆林立。其中半数左右的人家我都拜访过,反倒是占地面积最大的葛府,一直没有机会进去一睹其真容。

汽车一路爬坡,最终驶入一扇铁门,停在了仔细打理过的草坪上。我走下车,有个身着黑色连衣裙的女佣正等在那里。

环顾四周,我的正前方是座考究的西式花园,右边则是座更加考究的中式花园。但我没敢仔细看。就像从暗处走到太阳底下,眼睛总需要一点时间来适应。忽然从地狱来到天国亦是如此。

中式花园的尽头处是一片碧绿的池塘,岸边种着几株枇杷树。对岸还有一排白墙灰瓦的平房,大约是葛天锡故乡的样式。

女佣领着我走在石子路上,穿过草木茂密的西式花园,远远地能看到一座二层洋楼。

走近了才发现洋楼远比我想象中要大,由青砖、红砖错杂着垒成,人字形的屋顶铺着朱砂色的瓦。二楼正对着我的这一面有个露台,摆着几株栽在盆中的花草,却又围了一圈使人败兴的铁栏杆。

露台由几根伪装成木头柱子的水泥柱撑起,漆成赭红色的正门就躲在柱子后面。

一进门便是会客厅。

最醒目的位置摆了张洛可可风的皮沙发，够两三人并排坐下。另有两把蓝色座面的英国式椅子，与沙发之间隔着一张镶嵌云石的椭圆形茶几。一架不大的三角钢琴紧贴着我面前的北墙，用暗红色的绒布罩了起来，前面还有个黑色皮面的琴凳。东墙上有个壁炉，上面摆着个白瓷的净瓶，没有插花。它与西洋风格实在格格不入，我很怀疑里面其实蓄满了洋酒。

天花板足足有两层楼高，由各色实木拼缀而成，还安装了风扇和螺旋形的吊灯。

会客厅西侧用一扇雕镂精美的实木屏风隔出一小片区域，紧贴着墙壁放了两把圈椅和一个茶几，都是紫檀木的。墙上挂了幅巨大而素净的山水画，不知出自谁的手笔。两边是一对《瘗鹤铭》的集联，"江表宁吾土，华庭得仙禽"。每一道笔画都仿佛烫过的头发，大波浪连着小波浪，无疑是清道人的真迹。

除了西墙，另外三面墙上全都贴了姜黄色的壁纸，装饰以繁复的花纹，远远看过去就像是将陀罗尼经被糊在了墙上，刺眼之余又带着几分晦气。

做这行以来，我见识过不少有钱人家的会客室，从未遇上如此不伦不类的，不过这倒也符合葛天锡暴发户的身份。

女佣安排我在英国式的椅子上坐下，自己则跑上了二楼。

没过多久，葛天锡就不紧不慢地从楼梯走了下来。我只好礼貌性地起身迎接他。

只见葛天锡身穿藏青色的夹袍，又在外面罩了件阴丹士林布大褂，踏着双千层底鞋，打扮得像个北平的大学教授，却偏偏一屁股坐在了洛可可风的皮沙发上。他跷着腿，身子完全陷在沙发靠背的软垫子里，那姿势很不雅观。

另有位年轻的女士跟在他后面下楼。她穿了一身雪青色的旗袍，上面绣着蛱蝶图案，又搭了件天水碧的披肩。修长的两腿穿在玻璃丝袜里，脚上踏着高跟皮鞋。她那一头电烫的短发即便在上海也是时髦的。用来固定鬓发的发卡上镶着石榴籽大小的珍珠，垂在胸前的项链则由一颗颗葡萄大小的珍珠串成，全都是白里透粉的上等货。

那张脸可以用赏心悦目来形容，任是谁都不会生厌，却又很难给人留下深刻的印象。我有种感觉，她这辈子注定无法成为任何一个故事的主角，哪怕是她自己的人生。

这位应该就是汪小姐了。

她没有坐在葛天锡身边，而是低调地坐在了钢琴前的琴凳上。

刚刚那个女佣一路小跑着回到客厅，端上来两杯茶，放在我和葛天锡之间的茶几上，又将一个装着清水的玻璃杯递给汪小姐。完成这一连串的工作之后，她便一动不动地站在了屏风旁边，成功与周围的家具融为一体。

葛天锡开口了，先是几句简单的寒暄，然后就切进了正题。

"事情我已经听孙警官报告过了，他也派人把汪七的尸体送了过来。刘小姐，请你老实回答我，你有没有看过汪七身上的东西？"

"信和照片吗？我看过了。"

"这件事你怎么看？"

"关键不在我的想法，在您。"很多话我不知道该怎么问出口，尤其是面对葛天锡这样一位人物，必须尽可能地小心。于是我选了种最委婉的问法，"那张照片背后的字是您写的吗？"

"是我写的。"他的话匣子一旦打开，也就不用我一句一句地问了。"照片是我在上海的时候拍的,跟妻女一起。那段时间虽然日子清苦些,一家人还算团圆。只可惜我那位夫人心气太高,不相信我能成事,有一天忽然就带着女儿不告而别了。前几年我还一直派人打听,却始终没有她们的消息,渐渐也就不抱什么希望了。没想到还能再见到这张照片。"

"照片也被您夫人带走了吗?"

"是被她带走了。"

"根据我的调查,那张照片之前可能一直放在一个花梨木的匣子里面,大概这么大,"我用手比画了一下,"打开之后里面有面镜子……"

"那确实是家妻的东西,用来放首饰的,听说原本是她母亲的嫁妆。后来被她一起带走了。那个匣子你也见过?"

"见过,就在府眉路上的鸿泰当铺。是岑树萱小姐——也就是可能是您的女儿的那个女孩子——在那边当掉的,只当了五元钱。"

"她有这个匣子,应该的确是我女儿。我这就教人去把匣子赎回来。"说着,他扭过头去给汪小姐使了个眼色,汪小姐则会意地点了点头。"你有家妻的消息吗?"

"很遗憾,您夫人怕是已经去世了。我是听岑小姐的养父说的,她母亲在她八岁的时候就不在了。"

听到这话,葛天锡陷入了沉默,很久都没有再说话。

于是我帮他换了个话题。"有件事我不太明白,在孙警官向您报告之前,您好像并不知道那封信,也不知道汪七在调查什么?"

"都是我那位弟媳糊涂,才耽误了这么多事情,还让汪七白白送了命。"葛天锡叹了口气,还捏紧拳头砸在了自己的右腿上。

"你应该也听说了,我出资建的纱厂最近在闹罢工,弄得我焦头烂额,每天都要往那边跑好几趟。信送来的时候我正好不在家,让我那位弟媳拿到了。她不但擅自拆开看了,还一直瞒着我、背地里让汪七去调查,结果惹出了这么多乱子。"

"那封信上既没有贴邮票,也没有写地址,究竟是如何寄到的呢?"

对此葛天锡并不知道详情,他看了一眼汪小姐,也问了句"怎么寄到的"。

"我问过门房,"汪小姐说,"说是一个小孩子拿给他的。他刚想问话,小孩就一溜烟地跑掉了。"

"送匿名信的时候这是很常用的手段。"我解释道,"寄信的人一般会先塞给小孩一块糖或几个铜子,教他去送信,自己则躲在街角监视,信送到了就再给小孩些好处。等到追查起来,很难找到送信的小孩;就算找到了,也基本问不出什么有用的话。"

"你还真了解。"葛天锡的语气不像是在夸我,我甚至怀疑他已经很多年没有夸奖过谁了。"刘小姐之前处理过绑票案吗?"

"倒是帮人处理过几桩。肉票全都毫发无损地回了家,但钱只追回来过一次,还被侦缉队的人给瓜分了。"

"依你看现在应该怎么办?"

"依我看啊,最好做两手准备。一边筹备赎金、等绑匪联络,一边继续派人调查。"我说,"绑匪要的那五万元钱您教人去准备了吗?"

"已经派人去银行了。五万元而已,今天就能备好。"他不屑地哼了一声,"这群绑匪也太看不起人了,竟然只要五万。"

"这确实很不寻常。通常来说,绑匪一开始都会来个狮子大开口,要个几十万、上百万,再经过家属的几番杀价最终降到三五万元。而这一次他们一开始就让您准备五万……"

"你觉得这说明什么？"

"说不好，可能性很多。有可能他们完全是新手，活到现在就没见过几张大票子，对您的资产全无概念；也有可能是经验丰富的老手，知道杀价到最后基本就是这么个结果。或者，绑匪正急着用钱，不愿浪费太多时间来讨价还价，想要直接就给个双方都能接受的数目。"

这时在一旁的汪小姐插了一句，"他们若急着用钱，不是应该趁早给个交付赎金的办法吗，怎么没再送第二封信过来？"

"可能是汪七惊动了他们，让他们变小心了。现在汪七一死，又把警方也惊动了，他们怕是还要再观望几天。"

"我已经交代过孙警官了，让他们不要乱掺和，等人平安救出来了再去抓绑匪。"葛天锡说，"不过刘小姐，你刚刚说我们最好做两手准备，还要继续派人调查，这又是为什么？难道不会继续打草惊蛇，耽误事情吗？"

"因为谁也不能保证他们收了钱就放人，所以最好多做一手准备。而且如果能提前找到他们的藏身之处，就有办法尽快解救您的女儿了。我想您也不忍心让她跟着绑匪受苦。更何况她一个女儿家……"

"好了，我知道你的意思了。"

"其实昨晚汪七已经找到了他们藏身的地方。只是他行事太鲁莽，直接就闯了进去，才遭到了暗算。如果当时他能沉得住气，多叫几个帮手，事情已经解决了。"

"只怕他从一开始就没打算救人。"

"我当时正好也在附近，看到了绑匪带着肉票逃走的情形。对方只有两个人。而且他们杀汪七，用的是上不了台面的东西，极有可能身上并没有武器。现在虽然抢走了汪七的鲁格手枪，但终究是外行人，未必知道怎么用。所以只要找到他们的下落，救人肯定不会太难。"

"你有什么线索吗？"

"他们是跳上一辆卡车逃走的，我记住了卡车的型号和车牌号码，只要顺着这个线索查下去应该能有结果。"

"刘小姐，你说这些只是希望我能雇你吧？"

"您找我过来难道不是因为想雇我吗？"

"你开价吧。"

"我收钱的标准一向是每日十元，预付三天的数目。调查期间产生的费用由雇主承担。"

"怎么，连你也看不起我？"葛天锡没好气地说，"要多少钱尽管开口。"

"我替什么人做事都是这个价钱。不过，如果事成之后您愿意多付我些谢礼钱，我也不会推辞就是了。"

"那这样好了，我先付你五十，事成再付三百。就这么定了吧。"

还没等我应声，葛天锡就转过头去，用下巴指挥汪小姐去拿钱。很快，五张崭新的十元钞票就送到了我手上。

"今天纱厂要复工，我必须过去一趟。既然事情已经谈妥，剩下的就按你的想法去办吧。只是调查的时候务必小心些，不要打草惊蛇。"说到这里，他站起身来。"你还有什么需要，绮园会帮你安排。"

绮园似乎是汪小姐的名字，听起来倒颇像是个前朝遗老的雅号。她也十分配合地起身，快步走到门外去吩咐司机备车。

送走了葛天锡，汪小姐又坐回琴凳上，而没去坐那张洛可可风的皮沙发。那或许是葛天锡的专属座位,就像太和殿里的龙椅,旁人胆敢坐上去就会被治一个大不敬之罪。

"葛令仪已经去学校了吗?"我问汪小姐。

"她要参加晨读,一早就去了。我听说之前一直是她在雇你?"

"说来也巧,她跟那位被绑架的岑小姐既是同学,也是朋友。只是不知道真的成了堂姐妹之后,还能不能继续做好姐妹。"

"这种事情,等把人救回来之后就知道了。"

"那倒也是。对了,我能跟葛令仪的母亲说几句话吗?"

"老七死了,她很难过,不知道愿不愿意见人。轻霜,"汪小姐把站在屏风旁的女佣招呼到身边,吩咐她道,"去把那位夫人请来,就说是老爷雇的侦探有事要问她。"

我大可以通过这短短一句话去揣测许多事情,但似乎没这个必要。别人的家事我并不感兴趣,除非能为调查提供什么帮助。

过了将近十分钟,女佣总算请来了葛令仪的母亲。

她和女儿简直一模一样,只是修饰过的眉毛不怎么像。此时虽然化了不甚得体的浓妆,却也难掩脸上的泪痕。一双眼睛肿得像金鱼,里面布满了血丝。

她穿了件宝石蓝的长款印花旗袍,下摆很长,几乎遮住了那双穿在绣花鞋里的小脚。一头长发烫成了波浪状,却又在脑后挽了个前清样式的发髻。她的全身上下可谓中西合璧,趋新而守旧,严肃且滑稽,一如这间屋子,也一如这个国家。

葛令仪的母亲也没有坐在皮沙发上,而是直接走向屏风后面的区域,坐在了紧靠着西墙的紫檀圈椅上。汪小姐对我使了个眼色,我也跟了过去,坐上了另一把圈椅,与她只隔着一个小茶几,距离不到一公尺。

她手里捏着一串菩提子念珠，一边走路手里不停拨弄着，落座之后手也没停下。

"你是不是令仪雇过的探子？"

"是我。汪先生遇害的时候我也在附近。"

"你就眼睁睁地看着那帮人害死他？"

"当时我在外面，他们在屋里，我不知道具体发生了什么。"我说，"我知道你现在很难过，但还是有几个问题想问清楚。我也在追查那群人。抓到他们才能替汪先生报仇雪恨。"

"你不过就是拿钱卖命，少假惺惺的了。"她的声音比前几日在电话里听到时沙哑了不少，但依然刻薄。"想问什么就赶快问吧。"

"你是什么时候看到那封信的？"

"周二下午。"

"当天就教汪先生去调查了？"

"对。"

"汪先生在周四晚上就找到那伙人的藏身之处，我很好奇他是如何做到的。我在周二上午就接到了你女儿的委托，结果还是靠跟踪汪先生才找到些线索……"

"他跟你不一样，在省城各个地方都有眼线。那群人之前在码头附近出现过，被他的眼线给跟踪了。"

"原来如此。昨天下午汪先生来过葛府一趟，待了很长时间。当时他是来向你报告进展的吗？"

葛令仪的母亲没有回答。

"还是说，你们在商量要如何处置葛天锡的女儿？"

"你真的相信她是葛家的大小姐，就凭一张照片？"她明显被我激怒了，不过这样也好。"反正我不信，都只是些拙劣的骗术罢了。"

"但葛先生信了。"

"所以才不愿教他知道,就是怕他上当受骗。"

"以后若再遇到这种事,还是希望你能替葛令仪考虑一下。"我说,"如果惹恼了葛天锡,她在这个家里的处境只会更艰难。"

"我就是为令仪考虑才……"

她不假思索地脱口而出,说到一半才发现失言了,一时怔在那里,大口喘着粗气,过了好一会儿才闭上了半张着的嘴。

"我跟你已经没有什么好讲的了。令仪真是瞎了眼才会雇你这种人。"

"她是个好孩子,我也想有个像她这样的女儿。"

"你不会有的。"

撂下这句根本不会伤害到我的狠话,葛令仪的母亲站起身来,迈着细碎的步子离开了会客室,嘴里骂骂咧咧的,手里却还不断拨弄着念珠。

她最终消失在楼梯口。会客室里只剩下了我和汪小姐,以及那个不易被人觉察到的女佣。我回到屏风的另一侧,准备道个别就离开葛府。

汪小姐像是察觉了我的心思,起身迎了过来。

"听说刘小姐昨晚是在警局过的夜,不如先回去休息一下吧。"

"事情要紧,我不要紧,还有很多东西要查。拿了雇主的钱就要好好办事。"

"那好。"汪小姐深吸了一口气,就好像我的话让她喘不过气来。"你下一步准备去什么地方,我开车送你过去。如果你需要,我们也可以借一辆车给你用。"

直到这时我才忽然想起，江左日报社的那辆雪铁笼还被我停在废厂房外。

17

出门之前,汪小姐卸下披肩,罩了件毛呢的西装风衣,又换了双平底的皮鞋。她驾驶的是辆银灰色的 Deluxe Tudor,看起来还很新,应该买来没多久。

汪小姐车开得很熟练,只是出了市区就不太认识路,倒也符合她的身份。

路上我们不可避免地聊起了死去的汪七。

"听说汪先生是你亲戚?"

"出了五服,不知还能不能算亲戚。"汪小姐的语气很冷淡,"他在乡下惹了祸就来投奔我,没想到最后会是这种结果。"

"那是什么时候的事情?"

"两三年前吧。"

"汪小姐又是什么时候开始替葛先生做事的呢?"

"住进葛府也有个五六年了,但我这能算'替他做事'吗?"

"难道不算吗?"

"整个省城里大概只有你觉得我是在替他做事吧,其余的人都只觉得我是给他暖身子的。'暖老须燕玉',说的就是我这种人。"

"都说'八十非人不暖',葛先乇还远没有到那个岁数呢。"

"刘小姐学问真好。"

"能看得出葛先生很信任你。"

"他这个人啊,不会信任谁的,也没有人真的对他忠诚。大家只是相互利用罢了。他给我一口饭吃,交代给我的事情我也只能照办。不过就是这么一回事。"

"这还不算忠诚吗?"

"当然不算。"汪小姐的话音依然很平静,就像是在谈论一支自己没有买的股票。"忠诚的狗要懂得揣摩主子的心思。可是做狗多累啊,还是当个提线木偶比较轻松。他吩咐我做什么我便做,没交代的事情绝不插手——包括他的家事。"

"只怕之后就算你想独善其身也难了。"

"你若真找回那位岑小姐,这个家肯定会热闹起来的。但那也是他们一家人的热闹,跟我这个外人无关。就是可怜了令仪。只希望到那个时候,那位夫人不要把火气全都撒在女儿身上。"

"看来你还蛮喜欢葛令仪的。"

"喜欢倒也谈不上。她跟我一样,虽然生活在那个家里,却一直觉得自己是个外人。"

"但她母亲不这么觉得?"

"那位夫人当然没这个自知之明。她只觉得所有东西迟早都是她们母女的。可能老七也是这么想的吧,所以才会被她摆布,送了性命。"

我们抵达厂房外的时候,有两个警员正站在那辆雪铁笼旁边,商量着要不要把它拖走,却又苦于警局内没有足够大的卡车,在考虑要不要问消防队借。他们见到我这位临时车主,反倒全都松了一口气。

我签了个字就领走了汽车,也跟汪小姐道了别。我没猜错的话,她之后应该会把车开到府眉路,到鸿泰当铺去替葛天锡赎回那个木匣子。

我从昨天中午到现在粒米未进,已经饿得快要眼冒金星了,只好先找了家点心铺子,买了块重油酥饼充饥,然后才开始在那附近寻找昨晚到过的停车场。那地方不算偏僻,但在楼房的层层包围里,我花了不少时间才找到。

停车场上的卡车比昨晚少了几辆,我要找的那辆自然也不可能停在这里。

有个身穿灰色中山装和长裤的男人站在一辆卡车旁边。那一身衣服看上去很新却不怎么干净。他正在用一块抹布擦拭车门,脚边放着个锈迹斑斑的铁皮水桶。

我走向他,他也适时地转过头来。那颗肥满的脑袋简直是个标准的圆,眉眼、鼻子和嘴巴却全都横平竖直、棱角分明,整张脸颇像是尺规作图的产物。

"你是江左日报社的?"

他问我,眼睛却看向我身后的雪铁笼,似乎是在确认车牌号。

"车是江左日报社的。"

"你不是?"

"我只是问朋友借来一用。之前是不是有个白皮肤、红头发的记者来过你们这里?"记者里面只有卡萝会开车,若有人开车过来那也只能是她了。"我是她朋友。有些事情想问你打听一下。"

"你真有趣,不是记者却喜欢打听。"

"我在找一个人——拿了钱帮人找。"

"你想问什么?"

"你们这里是不是有辆卡车,车牌号是'一二〇七'?"

"那是罗宋的车。我们已经好几天没见到他了。车好像也被他开走了。老板忍无可忍,昨天终于报了警。"

"这位罗宋是你同事?"

"是我同事。这不是他的真名,只是大家都这么叫他。"

"是因为他长得像俄国人吗?"

"具体因为什么我也不清楚。我去年才来的,他已经在这边干了几年。"他说,"但我不觉得他长得像俄国人。"

"他是什么时候把车开走的?"

"这我也不清楚。周日、周一我不上班,周二之后没见过他。你不如去问问我们的会计,他就在旁边的办公室。"

说着,他指了指停车场北面的一排平房。我正准备感谢他,他却像是忽然想起了什么,将抹布丢在卡车的前盖子上,双手在裤腿上蹭了蹭。

"你不是想知道罗宋长什么样子吗?我刚想起来,你那位朋友之前来采访的时候,给我们拍过一张合影,后来登报了。剪报就贴在那边。我可以告诉你哪个是罗宋。"

我当然明白,他把手擦干净肯定不止是为了指人,于是摸出一张一角钱的票子递给了他。他接过钱,塞进中山装的口袋里,然后就走向了平房那边。虽然他竭力装作一脸漠然,却难掩喜色。

那一排平房里,最左边的一间门户大开,里面堆着些修理汽车用的工具。旁边一间的屋檐下有块宣传用的板子,上面贴着几张剪报。外面罩着一面肮脏的玻璃,脏得恰到好处,并不会影响人阅读剪报的内容。

他把我领到那里,在一张剪报上的大合影里找到了某颗脑袋,指着说了句"就是他"。

我把脸贴过去,仔细观察了一番。那是江浙一带随处可见的长相。不论走在什么地方,都能跟三五个长成这样的人擦身而过。

我敢断言,他获封"罗宋"的称号,绝对与其相貌毫无关系。

那位热心的司机又把我带到会计的办公室外,然后才回去继续擦车。我敲了敲门,得到里面的人的同意之后,走进了那间简陋的平房。

会计是个瘦小的中年男人,也穿了一身灰色的中山装,又戴上了藏青色的套袖。细细的鼻梁上架着一副金丝眼镜,看起来却一点也不斯文,只让人觉得歹毒。生了白癜风的头皮上面,稀疏的头发一根根支棱着,就像是盐碱地上的几根弱苗,只怕等不到收割就会自己死掉。

"我想打听一下,你们这里有个叫罗宋的司机,他最近有没有来上班?"

"罗宋?"他迟疑了片刻,"你说的是罗朗声吧。他周一晚上把车开走之后就再没回来,我们已经报警了。你打听他做什么?"

"我在找一个人,他可能知道那个人的下落。"

"找什么人?"

"一个圣德兰的女学生。"

"周一下午还真的有一个看着像女学生的人来找过他,旁边还跟着一个男的,年纪也不大。"

我从包里取出岑树萱的照片给他看。

"没错,就是这个女孩,当时她穿的也是这身衣服。你要找的就是她?"

我点了点头。"那个男的是不是鼻子旁边有颗痣?"

"好像是有颗痣。"他说,"他们两个到的时候,姓罗的正好去码头那边运货了。我就让他们在我这里等。大概等了不到一个小时,姓罗的就回来了。他开的那辆车动静特别大,我一听就知道。结果跟他们一讲,两个忘恩负义的东西连句谢谢都没说就跑了出去。"

"他们跟罗朗声说了些什么?"

"我这边听不到,只能看见。"他指了指窗户,透过玻璃能看到整个停车场。"那两个人也是奇怪,等了那么久,见到姓罗的之后没说几句话就走了。我猜是在商量偷了车之后要如何出手。我也只是听说,这个姓罗的喜欢赌钱,手气又臭,欠了不少债。估计是为了还钱才动了歪脑筋。"

"他都在什么地方赌钱?"

"听说主要是码头那边的麻将馆。你还是问问那帮开车的吧,他们肯定比我清楚。"

在会计的建议下,我从被我贿赂过的卡车司机嘴里问出了店名和大概位置。

那家麻将馆是间用红砖搭成的小平房,距离二号码头只有一两百米远,背后是几幢洋行的仓库。整间屋子没有窗户,换气全靠一扇敞开着的小门。还没进屋,就有一股夹杂着汗臭的烟味扑面而来。

看报纸上说,南京那边近来正在推广"新生活"运动,不知何时才会波及省城。到了那个时候,这些麻将馆就算不被关停,只怕也得改头换面、把自己伪装成什么更符合礼义廉耻的东西才行。

店里摆着五张方桌,全都铺上了绣着牡丹花的绿绒布。那布料一看就很便宜,图案也很俗气,又沾上了各种油污和酒污。麻将是竹骨的,也都用旧了,看上去像是发了霉。有两桌人正玩得不亦乐乎,另有一桌坐了三个人,都齐刷刷地盯着门口,似乎是在等待最后一位牌友的到来。见进来的人是我,三人的失望之情溢于言表。

我径直走向那一桌，一屁股坐在了空着的椅子上。

坐在我对面的男人已年过四十，精瘦而黝黑，蓄着比头发更长的山羊胡。他的额头上生了个血红的疖子，或许《撒克逊劫后英雄略》里的"脑门豆人"就长成这副样子。他穿了件深灰色的布长衫，上面还打着补丁。外面却套了件孔雀蓝的马甲，分明是上好的料子。被香烟熏黄了的拇指上还戴着个白玉扳指，一看就很值钱。

我猜不出他做什么营生，就像他一定也猜不出我做什么营生。

坐在左右两边的男人倒是一看便知是做体力活的，晒成赤铜色的脸上满是横肉，露在外面的小臂也粗壮得像根火腿。一人面前放了个白铁的酒壶，从我这里都能闻到里面的酒精味；另一个则在嘴里叼着根没有点燃的香烟。两人看上去不过二十来岁，可能还更小些。年纪轻轻就混迹在麻将馆里，这辈子大约是没什么指望了。

"这桌好像缺个人，我能陪你们玩玩吗？"

他们把我仔细打量了一番，对面的男人开口说了句"你看着可不像来打麻将的"。

我没理会他，从包里掏出一叠一元、两元的票子，甩在桌上。"反正闲着也是闲着，不如一起打几圈？等你们的朋友来了我就走。"

"你就这么想输钱？"

"输赢还不一定呢。"

"你这娘们口气不小啊，输了可不要后悔。"

桌面上，竹骨的长城早已码得整整齐齐。掷完骰子，我们就开始轮流抓牌了。

我不是第一次在麻将桌上打听消息，自然知道这里面的门道。问出想问的事情之前，要打得尽可能消极。可以赢但必须是小牌，就算是天和起手也要假装没这回事。同时也要避免给人点炮，特别是对方可能在凑大牌的时候。

总之牌局越平淡，打牌的人话就越多。

"是不是有个姓罗的卡车司机常来你们这里打麻将？"

"你说罗宋？"坐在我上家的男人接过了话茬，"闹了半天他真的姓罗啊。"

"他这两天来过吗？"

"这两天还真没有。白鸽也没来过。"

"白鸽是哪位？"

"罗宋的朋友，他们两个经常一起来。"

"他应该不是真的叫白鸽吧？"

"当然不是。"

说到这里，他向另外两人问了句"你们知道他叫什么吗"，结果两人都摇了摇头。然后这个话题就被我的下家的自摸给打断了。好在下一局开始之后，坐我上家的这位又主动开口了。

"罗宋那个朋友，有点钱就去买白鸽票，所以我们都叫他白鸽。"

"那他可曾中过大奖？"

"怎么可能中过。他麻将打得还可以，在我们这里总能赢钱，结果转头就孝敬给博彩公司了。"

"你知道他住在什么地方吗？"

"他就住这附近，跟一个做售货员的相好一起。江边有一排砖房，门口有棵死树的那间就是他家。你找他做什么？"

"问问他知不知道罗宋的下落。"我把一副即将凑出全带幺的手牌拆散，打出一张二筒，被对面碰了去。"如果能找到罗宋，再问问他知不知道某位大小姐的下落。"

"你整天就干这个？"

"是啊，就干这个。"我说，"罗宋还有什么朋友吗？"

"还有个秃子。那人穷得要死，住在工厂那边的棚户里，身上也脏兮兮的。他来得不多，输了还总是赖账，我们都不愿意跟他玩。"

这一局最终谁也没能和牌。几圈下来，我的消极麻将有了些功效，想问的事情基本都问出来了，代价就是我放在桌上的零钱也已所剩无几。于是我决定下一局改变策略，争取把输掉的钱赢一些回来。

这次的手牌还勉强过得去，几巡下来就成了型，只要再抓到一张三索或六索，就能和个门清自摸了。然而我等的牌却迟迟没有出现，反倒在只剩两巡的时候抓到张五万，正好凑出一副暗杠。

我犹豫了一下要不要开杠。倘若不开，即便和了也赢不回刚刚损失的钱，不如拼一把算了。于是我把那四张五万按倒在牌桌上，伸手去杠头处抓了张牌。只可惜终究没出现杠上开花的局面，到手的既不是三索，也不是六索，而是一张我开局就打出去过的发财。

我看了一眼牌桌，我的下家碰过一次红中，这张牌打出去就算点了炮也只是个碰碰和，除非他手上还有一副白板的刻子……

事实证明我所有不祥的预感都会应验。

在我打出那张发财的瞬间，他一把就抢了过去，没等推倒手牌就兴奋地站起身来，大喊了一句"老子打了这么多年麻将，从没赢过这么大的牌"。整个馆子里的人都看向这边，他就在众人的注视下摊了牌——除去红中和发财,他的手牌里还有两张四筒、七八九万的顺子,以及三张白板。

大家一齐惊呼着"三元及第",只有我默默将手探进包里,准备支付这过于高昂的赌资。

一番合计之后,我递出去两张十元的钞票,倒也没觉得特别心疼。反正这些穷苦人赌得再大,对于小布尔乔亚的我来说仍只是小钱;一如小布尔乔亚们勤勤恳恳工作一辈子拿到的薪水,对于葛天锡那样的资本家来说也不过是一两日的盈亏。

那个幸运儿从我手里接过票子之后,又将手边的几张零钱全都塞给了我对面的"脑门豆人"。我这才意识到,他可能就是这家麻将馆的老板。

带着花重金买来的情报来到江边,我没费多少力气就找到了赌鬼口中的那排砖房。

这种纯以红砖搭成的平房,在省城并不多见,只有码头一带才有。这一排房子大概也像那家麻将馆一样,原本是没有窗子的。如今倒是每间房都凿了几个小窗,还装上了玻璃,但也不难想象屋里的光线会如何昏暗,空气会如何浑浊。

至于赌鬼提到的死树,也十分地醒目。那是棵柳树,至少有一两百年的树龄,孤零零地立在江边。说是"死树"也并不确切。若仔细观察,就能发现枯枝上生出了几根嫩绿的芽蘖,说不定还有望活过来。

我来到正对着柳树的那扇门前,敲了几下。里面有些动静,但迟迟没有人来开门。我继续敲,里面的人大约是忍无可忍了,终于让我听到了脚步声。那是跟跄着的步子,像个醉鬼,又像是个病人。

替我开门的人的确生着病。

她看上去二十五岁上下，打扮一下肯定是个美人。只是此时头发蓬乱，脸色蜡黄，目光迷离，额头和脖颈上都是汗水，实在是要多狼狈有多狼狈。她穿着藕色的棉布袍子，又裹了件红蓝格子的披肩，一手支撑在门框上，另一只手捂着胸口，大口吞吐着空气。

"你找哪位？"

"找你家男人。他是不是很爱赌钱，还买过不少白鸽票？我找他有事。"

"他不在。"

"他什么时候回来？"

"他不会回来了。"她似乎是动了气，一时间涨红了脸，轻而不受控制地咳嗽了几声。"就算他还有脸回来，我也不会给他开门。"

"你还好吧，是不是哪里不舒服？"

"我哪里都不舒服。"

"需要我帮你买盒药吗？"

听到"药"这个字眼，她一脸茫然地盯着我看，就好像我说的是某样在过去、现在、未来都不该存在的东西，类似上帝或永动机。

"我开车来的，很方便。你需要什么药？"见她不作答，我继续说道，"那我就看着买了。不用你付钱，只要到时候回答我几个问题就好。"

她吃力地点了点头，轻轻关上了门。

我把车开到府眉路，走进街上唯一的药店。店员很热情地招呼我，一个劲儿地问着"您要点什么"，一时间我还以为自己误入了一家挤满醉鬼的小酒馆。

"我有个朋友身体不舒服。"

"哪里不舒服？"

"她说哪里都不舒服。"我补了一句，"可能是感冒了。"

"不知道该吃什么药就买这个吧，包治百病。"

说着，他递给我一盒拜耳公司生产的阿斯匹灵药饼。

我将信将疑地接过来，又问他要了一盒，付钱之后就离开了药店。回到车里，我把药扔在副驾驶座上。印在包装盒上的阮玲玉满脸堆笑，不无嘲讽之意地盯着我，或许连她也看不惯我的伪善。

把车开回江边，重新叩响那扇门，这一次她把我请进了屋里，仿佛我拿来的不是阿斯匹灵，而是这间小平房的入场券。

室内空间远比我想象更狭小，只容得下双人床、衣柜和一个不大的梳妆台。她坐在床沿，点起床头柜上的美孚灯。屋里一下子亮堂了不少，能看到大粒的灰尘在空中盘旋。我原本没打算坐，但她执意要我坐在梳妆台前的椅子上。

梳妆台的镜子上面满是擦不掉的污垢，只要坐在前面就能映出旧照片的效果。桌面上摆着明星牌的花露水、月里嫦娥牌的润发油、双妹牌的雪花膏、无敌牌的蝶霜、皇后牌的香粉。看来她潦倒归潦倒，却懂得支持国货。

但转念一想，她既然是做售货员的，应该能以最低的价格买到滞销的商品。在这人人皆以爱国者自居的省城，国货往往滞销。

"想问什么就赶紧问吧，在这里待久了会被传染的。"

"你跟你家男人吵了架？"

"我忍了他太久，实在忍无可忍了。他在外面怎么乱来我都管不了，但也不能趁我不在就把别的女人带到家里来吧。"

"还有这种事？"

"我前一段回了趟老家，原本应该下周才回省城。结果那边的事情办得很顺利，前天傍晚就往回走了。坐了一夜的船，昨天早上到了家里。结果却撞见床上躺着一个大姑娘，那个死鬼跟他的一个牌友坐在床边，一边喝酒一边往碗里扔骰子……"

"你说的那个牌友是不是姓罗，别人都叫他罗宋？"

"就是他。两男一女，不知玩的是什么把戏。那个死鬼还骗我说那是个落难的大小姐，他受朋友之托照顾她几天。谁会信这鬼话。我一气之下就把他们全都给赶了出去。坐船回来本就受了凉，又一动怒，我这身子骨也不争气，一下子就病倒了，就这么昏昏沉沉睡了一天一夜。看样子，我家那个死鬼是不打算回来了。"

我从包里取出岑树萱的照片给她看。

"你说的'别的女人'是照片上的这个人吗？"

"没错，是她。看她打扮得像个女学生——这年头做那一行的，哪个不是打扮得像个女学生。"

"你可能误会了。她真的是落难的大小姐，也的确是个女学生，在圣德兰念书。"

"一个圣德兰的学生怎么可能出现在我家？"

"她被人绑票了，我在找她。"

"你是说我家那个死鬼跟罗宋一起绑了她？"

"有这个可能。"

她本就病得只剩半条命，这下子更是连剩下半条也要丢了，坐在那里怔了好一会儿，才自言自语了一句"造孽啊"。

"如果我能赶在警察之前找到他们，事情说不定还有转机。他们被你赶出去之后，可能会去什么地方呢？"

"没准是投靠秃子去了。他就只有罗宋和秃子这两个朋友。他们三个以前一起开卡车，后来我家那个死鬼跟秃子一起跑一趟长途，喝酒误事，被运输公司开除了。过去的同事里只有罗宋还愿意跟他们来往。"她叹了口气，又咳嗽了几声。"他以前只是爱喝酒，从来不赌钱，丢了工作才开始赌的。"

"这位秃子住在哪里？"

"那人很穷，听说是住在棚户一类的地方，不知道具体位置。"之前麻将馆里的赌鬼也是这么说的。"那种地方，怕是挤不下这么多人。我是不是不该把他们赶出去？"

"你做得很对。如果当时没把他们赶出去，日后警方追查起来，你就是从犯了，要蹲大牢的。"

她挤出一抹苦笑。"我这日子跟蹲大牢有什么区别呢？"

"还是有区别的。在外面过得再辛苦，尚有可能遇见更好的男人。一旦进去，就彻底没机会了。"

"这世上真的有好男人吗？"

"应该有的，只是我没遇到过。"

"好巧啊，我也没遇到过。"

回到车里，我努力回想着从各种人那里问到的话，勉强拼凑出岑树萱这几日的行迹。

她在周日傍晚谎称要去买洋火，从养父身边逃走。当晚去圣德兰的宿舍取回花梨木的匣子。那一夜是如何度过的还不清楚。周一上午她典当了匣子，又去钟表店找到老相识阿柱。下午阿柱离开钟表店与她会合，两个人去运输公司找罗宋。之后应该是跟着罗宋一起去了白鸽的住处，然后一直待在那里。昨天，也就是周四一早，他们被赶了出去，躲进了废工厂，结果当晚就被汪七找到，不得不再换个地方藏身。如今她可能被绑匪关在江边的某个草棚子里。

短短五天，只能用疲于奔命来形容。

我也注意到，白鸽的相好回到家里时，只看到了罗宋、白鸽和岑树萱，阿柱并不在场。我在废工厂外面撞见他们逃走的时候，也只看到了两个绑匪。阿柱究竟有没有参与绑票，还是已经被罗宋他们给杀害了？

经过这两天一夜的折腾，身体早已不堪负荷，脑子也快要转不动了。还要感谢来自左肩膀的阵阵刺痛，时时帮我提神醒脑，我才没在柔软的车座上直接昏睡过去。

我发动汽车，沿着江边的土路驶向工厂附近的棚户区。

一座座草棚在泥土地上毫无章法地排开，远处是厂房和烟囱的剪影。即便做我这行的人也很少来这附近。草棚里住着数不清的赤贫者，被城市遗弃在这边缘处。

这些草棚基本都是住户自己搭的——买几根毛竹当柱子，在竹篾编的篱笆上抹泥作墙，再捡块木板或破布当门帘，基本就大功告成了。好一点的棚子，屋顶能用上几块铁皮，差一点的只铺了些稻草或芦席，一下雨就漏得到处都是。下雨虽悲惨，干燥的日子却更不能让人安心。只要哪里一起火，一烧就是一大片。

如今这个季节或许是最舒服的，既不必担心草棚被冬日的狂风吹倒，也不会被蚊子、臭虫叮得辗转难眠。只是岑树萱虽然落了难，毕竟也是娇生惯养的大小姐，若真被绑匪带到这种地方，不知她能否吃得下这份苦。

关于那位秃子的住处，我没有任何头绪，只能寄希望于找到那辆卡车。但这希望终究是渺茫的。毕竟，一辆卡车实在太显眼，他们不可能蠢到将它停在这附近。

我驾车穿梭在草棚之间，结果自然是一无所获，但还是等到太阳落山才返回侦探社。停好车，摇摇晃晃地走上楼梯，心里只想着进门倒头就睡。打开门却发现地上躺着一个信封，应该是从门缝里塞进来的。

我拾起它，拆开，从里面取出一张薄薄的笺纸，上面依然是用自来水笔写下的、岑树萱的字迹：

请刘雅弦小姐于明天下午两点钟，将赎金五万元整送至米勒咖啡馆。发现警察立即撕票。过时不候。

18

次日一早，我先去了趟公共浴室。这个时间没什么客人，我一个人独占了整个浴池，在新换的热水里泡了个痛快。

即便如此，我还是比约定的时间早了二十分钟抵达葛府。

给我带路的还是昨天那个女佣，我依然坐在昨天坐过的英国式椅子上。先出现的是汪小姐。今天她穿了身瓷青色的旗袍，围的是雪白的披肩，在琴凳上坐了下来。葛天锡过了一会儿才来到会客室，仍是昨天的打扮，继续坐在洛可可风的沙发上。他将一个黑色的公文包放在嵌了云石的茶几上。

"这里面是五万元。"葛天锡的话很简短，却很有分量。

"放心交给我吗？"

"绮园也跟你去。"

"这样最好。您也放心，我也放心。"汪小姐的确是最合适的人选。葛天锡信任她，绑匪也不会把她当成警察。更重要的是，她是见过大世面的女人，不会为了区区五万元就铤而走险。这一点跟我很不一样。

"你的调查有什么进展吗？"

"绑匪可能把人藏在江边的哪个草棚子里。不知道具体位置。如果那边收了钱还不放人，不妨组织警力去棚户区搜找。现阶段还没必要冒这个险。"

"好，我知道了。南京来的人约我见面，我得过去了。"说着，他站了起来，又看了一眼汪小姐。"事情就交给你们了，不要让我失望。"

葛天锡离开之后，会客室里又只剩下我跟汪小姐，以及那个懂得用屏风来隐藏自己的女佣。一切都像是昨日的重现，区别仅仅在于茶几上放了个装满钱的公文包。

"要打开看看吗？"

说着，汪小姐来到我身边，坐在了另一把英国式椅子上。她把公文包向我们这边拽了拽，揭开拉锁，抽出一沓崭新的银圆券，每一张都面值百元。只要我从里面偷偷抽一张出来，两三个月就吃穿不愁了。里面却足足装了五百张这样的票子。

"之前说事成之后给你三百元钱的谢礼。昨晚我跟葛先生商量过了，既然要劳烦你去送赎金，谢礼可以再加两百。"

"如果我现在抢走这包钱，那就是五万了。"我说，"我可是有备而来。"

我从手提包里拿出左轮手枪给她看，又收进了风衣口袋里。下午我没法一手拎着自己的包，一手提着五万元钱，怕是只能将包留在葛府了。

"刘小姐是在开玩笑吧？"

"当然是玩笑。我这种贪生怕死的小市民，可不敢冒这个风险。哪怕做完这一票就能一辈子吃穿不愁，我也没这个胆量。"

"我倒是觉得，你怕的不是死，而是一辈子都得东躲西藏、提心吊胆。"

"没错，那可比杀了我还难受。"

"不过你倒是提醒了我。下午出门的时候，我也该把枪带上。"

"汪小姐怎么也开起玩笑来了?"

"哪有。"她轻描淡写地说,"我如果像你这么爱打趣儿,根本不可能活到今天。"

后来汪小姐给我看了她的爱枪。那是把点四五口径的半自动手枪,勃朗宁设计,柯尔特生产,能连射七发,火力足以射穿一块钢板。她当着我的面为它填上子弹,放进了一个玫瑰紫的手提包里。那个包足够大,放了枪之后还能塞进钱夹和粉饼盒。

葛公馆的餐厅在会客室隔壁,装潢风格是更纯正的中式,里面摆着一方一圆两张桌子,都是上好的红木制成。圆的那张可供十几人围坐,方的正好能坐四人,倒是很适合用来打麻将。汪小姐招呼我在方桌边坐下,又吩咐厨房做了一道煎糟鱼、一道香菇菜心。

用餐时汪小姐的话很少。她似乎很喜欢这两道菜,但也没吃太多。

出门之前,她换了身浅灰色的风衣,又戴了顶黑得发紫的阔檐帽。可能对于汪小姐来说,这已经是最不会吸引旁人目光的打扮了。我这时才隐隐感到,也许她并不是一起去送赎金的最佳人选。

今天她也驾驶着那辆银灰色的 Deluxe Tudor,载着我一路疾驰来到了临港区。

米勒咖啡馆是座用水泥浇筑而成的建筑,外墙却竭力模仿着大理石的质感。刚建成的那几年,它或许成功骗过了不少人。可惜水泥终究不如大理石坚固,在风霜雨雪的侵蚀下,如今的墙壁只让人觉得肮脏破败。

好在外观的老化并没有影响它的生意。

我和汪小姐到的时候,咖啡馆里坐满了人,我们不得不等在店门口。但也没等太久。很快就有一桌男女,在一番激烈争吵之后，两个人都很有默契地站起身来，将一枚银圆丢在桌上，肩并着肩、怒气冲冲地走出了店门。

侍者简单收拾了一下，安排我们去那一桌落座。我发现桌子下面掉了一张粉红色的名片，也许那就是他们吵架的原因吧。

汪小姐没看菜单就点了一杯巴西咖啡，不加糖奶。我也要了份一样的。

距离绑匪指定的两点钟还有半个小时。我们坐的位子离正门很近，但不靠窗，不方便观察外面的人。后来又有一桌人离开，我叫侍者过来，想要搬到那边去，却被汪小姐阻止了。

"别过去，靠窗的位子不好。"

她给的理由简短且含糊，不知为什么却很有说服力。也许她是担心有人打碎窗子抢走那五万元钱。

我们继续等，也继续观察每一个走进店里的人。我的一只手始终抓着公文包的提手。两点钟已经到了，对方却爽了约。又等了将近一个小时，汪小姐有些失去耐心了。她百无聊赖地拿起菜单，一页一页翻着。

"这里的冰淇淋还蛮好吃的，要不要来一份？"

"还是算了吧。吃坏了肚子岂不是要耽误事？"

"怕什么，他们今天不会来的。"汪小姐说，"我猜，他们让你来这边送钱只是一种试探，就是想看看有没有警察跟着。现在目的已经达到了，之后还会再联系我们，到时候才会给出真正的交款地点。"

"那我们还要继续等下去吗？"

"也只能继续等了。等到这里打烊为止吧。"

说着，她就叫侍者过来，点了一份圣代冰淇淋。只可惜，汪小姐还没吃上几口，绑匪那边的联络就已经到了。一个看起

来上了些年纪的侍者来到我们面前,对我上下打量了一番,然后开口道:

"您是刘小姐吗?"

"我是。"

"您的朋友刚刚打电话到店里,让我们转告您一声,他今天临时有事,无法来赴约。打算约您晚些时候在长庚书局见面。"

"晚些时候是什么时候?"

"对方没说。"

"打电话过来的是个什么样的人?"

"男的,听着年纪不大,声音有点哑。"

"你怎么能确定我就是他要找的刘小姐?"

"他说您穿了身卡其色的风衣,带了个黑色的公文包,是跟一个穿灰色风衣的女士一起来的。"

"他既然没来赴约,我们的打扮又怎么能说得这么清楚?"

"这我就不知道了。"他明显有些不耐烦了,用皮鞋底一下下敲打着地板,脸上仍挂着虚假的笑容。"事情我已经转达了,冰淇淋请您慢用。"

那位侍者一离开,汪小姐就把调羹丢在桌上,嘴里嘟囔了一句"这还让我怎么慢用",又叫另一位侍者过来结账。

长庚书局在府眉路上,汪小姐只用了七八分钟就开到了那里。

和省城里大多数地方一样,长庚书局也是中西合璧的代表。以中轴为分界线,左边半家店卖的是线装书,全都平放在旧式的书橱里;右边半家卖新式的出版物,一册册书脊朝外插在铁架子上。我很少光顾这家书局,偶尔过来也是跟卡萝一起。她喜欢买书,买了又没时间读,我想看的基本都能问她借到。

我和汪小姐已经做好了在此久等的心理准备,还想着书局是最适合打发时间的地方，不至于太无聊。未曾想还没走到书架前面，就有个店员凑了过来，问我是不是"刘小姐"。

"我是。有人要你转告我什么事情吗？"

"刚才有位客人买了本书想送给您，说您一会儿会来店里取。"

"是个什么人？"

"男的，看着岁数不大，穿了身休闲西装，戴了顶学生帽。"

"长什么样子？"

"他把帽檐压得很低，我没太看清长相。"

"他是怎么跟你描述我的，'穿风衣、提着个黑色公文包的女人'？"

"差不多吧。"

"好，那我大概知道是谁了。"

我跟着他去柜台那边取书。那是本揭露各种骗术的《黑幕大全》，还是民国二十三年的最新版。这类书一向销路很好，初到省城的人只要识字都会买来一读。趁着店员低头忙别的事情，我把整本书翻了一遍，发现里面夹着一张对折过的笺纸。

我没有立刻将它抽出来，而是跟汪小姐使了个眼色，两个人一起离开书局，回到了车里。打开那张纸，依然是熟悉的字迹。

"第四码头，太古洋行仓库北。"汪小姐念出上面的字，"你知道这是哪里吗？"

"知道，反正不是什么好地方。"

这些年来国民政府的种种计划大多胎死腹中，第四码头也是其中之一。起初他们野心极大，打算建一座客货两用的码头，规模誓要超过英国人和洋务派建起来的那三座，最后却因民国十九年的水灾而全都成了泡影。

当时各个洋行也相信了政府的规划,在第四码头的选址附近兴建仓库,结果自然也是永无完工之日。

汪小姐肯定不会知道第四码头的位置,我替她指了路。我们又问附近的住户打听出哪座废墟是太古洋行的。

实际到了那里,感觉说是"废墟"都算是抬举了,那不过就是用一块块红砖垒成的断壁残垣。

在我印象里,水灾之前几座仓库已建设得颇具规模,卡萝还拍过照片。不过我也很清楚那些原本该在这里的砖头都去了哪里。码头一带随处可见的小平房,基本都用上了从这里偷去的红砖,恐怕也包括我昨天拜访过的麻将馆和民家。

江边风很大,水面反射的阳光也很刺眼,汪小姐一直坐在车里,手里捧着那本《黑幕大全》翻看。我下车抽烟,她跟我闲聊了起来。

"你觉得这次他们会现身吗?"

"我觉得不会。"我说,"而且这附近太荒凉了,也很难叫人传话给我们。估计等到最后,什么也等不到。"

"我倒是做足了准备,不怕等下去。"

"是吗,你带了干粮?"

"那倒没有,少吃一顿饭又不会饿死。"汪小姐说,"不过,我在后备厢里放了个马桶,需要的话随时可以拿出来用。"

太阳落山后天冷了下来,我也抽光了身上的烟,只好回到车里。这一下午,我们起初聊的是《黑幕大全》里的骗术,这方面作者未必比我熟悉;然后是省城里的店铺,这就是汪小姐专擅的领域了。聊着聊着,最后终于聊到了自己身上。

"刘小姐是怎么做起这一行的?"

"生活所迫。"我说,"我只会跟人聊天,不会别的,只好做了这一行。"

"你很会聊天吗？感觉你没有那么喜欢说话。"

"相较别的事情已经算擅长了。当然肯定不能跟汪小姐比。"

"我这也是生活所迫。"她说，"我是在一个大家庭里长大的，父亲是家里最受宠的少爷，母亲却连个姨太太的名分都没有。在那种地方，又是这种身份，不懂得察言观色是根本活不下去的。"

"你对我可一点也没有察言观色。"

"我们都为同一个主人做事，算是暂时的同僚，当然就没这个必要了。"

"后来呢，你是怎么到省城来的？"

"活得再小心，有些事情还是逃不掉的。家道中落，养不起那么多人，母亲跟我就被赶出来了。好在那个时候我已经长大了，知道该怎么赚钱养家糊口。但母亲觉得我丢了汪家的颜面，自那以后再没跟我说过话，后来就病死了——也可能是被我气死的吧。"

"为什么跟我说这些？"

"闲着也是闲着。反正你不会同情我，我也早就麻木了。也跟我说说你的事情吧。"

"我家倒不是什么大家庭，也没有家道中落。十四岁的时候家里给我定了亲，对方很有势力，大家都觉得这桩亲事是高攀。"这些事情只有卡萝知道，告诉汪小姐似乎也无妨。"我的那位未婚夫一直在美国留学，一时半会儿不打算回来。家里怕我配不上他，还送我去念了两年新式学堂。后来他回了趟国，我们也顺便成了亲，我就跟他一起去了纽约。结果不到一年就被休掉了。"

"他为什么不要你了？"

"听说有位大人物的千金看上了他，具体我也不清楚。是不是还挺讽刺的,一个私家侦探,连自己为什么被休掉都没有好好调查过。其实离婚倒也没什么,都好商量。反正我们本来就没什么感情。但把我一个人丢在异国他乡就是他不对了。"

"他一定很崇拜徐志摩。"

"可能吧。文学上未必有多崇拜,做人倒是学得有模有样。"

"你的这位前夫既然攀上了大人物,想来已经飞黄腾达了吧?"

"听说那位大人物的千金拗不过家里,最后也没能嫁给他。都是一场空。"

"确实是一场空,只是委屈了你。"

"我对现在的生活倒也没什么不满的。当然,有时候也会觉得孤单。如果我也能有个像汪小姐这样的助手就好了。"

"是吗,我劝你还是断了这个念想吧。"她噗嗤一笑,说出一个残酷的事实,"我太能花钱了,以你的收入根本养不起我。"

我们一直等到十一点半才往回走。

她先沿着过来的路把车开到临港区,后面的路就熟悉了。当我们终于回到葛公馆的会客室,座钟已指向了十二点。

会客室里灯火通明,葛令仪正一脸倦容地坐在琴凳上,面朝着门口,见我们进来也没有起身。她似乎弹过身后的钢琴,暗红色的绒布已被揉成一团、丢在旁边,露出了黑白琴键和酒红色的琴身,只是顶盖依然紧闭着。

"你大伯呢?"汪小姐问她。

"大伯跟南京来的人喝了酒,已经睡下了。他教我等你们回来。九点钟左右,我接到一个电话,是绑架树萱的人打来的。对方要求明天晚上八点之前,把赎金带到火车站的大钟下面,过时不候。他还说……"

"他还说什么？"

"必须刘小姐一个人去送，否则就撕票。"

19

　　第二天是周日,卡萝休息,我便邀请她下午一同去葛府做客。她虽然做了几年记者,也未曾有过出入葛府的机会,所以很开心地答应了下来。

　　我开车载她去了葛府,几句寒暄之后,汪小姐教葛令仪带卡萝去花园里逛逛,自己则跟我一起留在了会客厅。

　　汪小姐今天穿了身白绿格子的连衣裙,罩了件开襟的绒线衫,首饰只戴了一对珍珠耳环,妆也化得很淡,看上去就像是个女大学生。也许不需要在外抛头露面的日子里,她都是这样一副打扮。

　　"刘小姐,你这是什么意思?"她坐在琴凳上,目光如炬地盯着我。"你是怕我们不放心把赎金交给你,所以特地带了个人质过来?"

　　"等救出葛先生的亲生女儿,你们肯定要找人写篇报道。我就带来一个值得信任的记者,介绍给你认识。汪小姐该夸我思虑周全才是,怎么反倒疑心起来了。"

　　"我可得庆幸只跟你共事这一回,不必跟你做朋友。否则真不知哪天就被你给出卖了。所以,你的这位洋人朋友值得了五万元吗?"

　　听到这话,我在心里默默算了一笔账。卡萝的工资是每月八十元，考虑到她外国人兼女人的身份，升迁怕是不能指望了。以她的收入，就算不吃不喝工作半个世纪也挣不出五万元钱来。我只好如实回答说不值。

"你就交不到更值钱的朋友了吗？"

"交不到了。更值钱的人，都像汪小姐你这样，一个个清醒得很，怎么可能跟我这种人交朋友呢？"

"我倒是一点也不担心你卷款逃走，葛先生那边就未必百分百放心了。所以你带个朋友过来也好，就算是表达诚意了。"

"葛先生不在家？"

"他还有些事情要处理，早上出去了，傍晚应该就能回来。"

"汪小姐，你们对我放不放心倒是其次，对葛令仪的话就完全放心吗？"

"你是说她转述的那些绑匪的要求？"

"那个电话是她接的，那些话也只有她听到了。你认为可以百分百地相信她？"

"令仪这孩子有时候会扯个小谎，但都是为了不被那位夫人责备。在这么重大的事情上，她绝对不会说谎的。"汪小姐说，"而且我能感觉到，令仪是真的想救岑小姐，哪怕岑小姐可能夺走本属于她的一切——至少令仪现在是这么想的。"

"希望她以后不会后悔。"

"以后的事情谁知道呢。"

等卡萝她们回来，汪小姐教葛令仪先回房间做功课。葛令仪不愿意，非说要弹琴给我们听。汪小姐拗不过她，就把琴凳让了出去，一脸不情愿地坐在了洛可可风沙发的一角，还叮嘱说"弹得轻一些，别打扰我们谈事情"。

葛令仪应该是搬到这里之后才接触到钢琴，在圣德兰念的也不是音乐科，琴技自然不会如何出彩，但能听出她下过一番苦功。她先弹了几首舒伯特的《音乐瞬间》，尚能驾驭；后面又弹起《即兴曲》，就显得磕磕绊绊，力不从心，但至少把每一个音都用指尖敲了出来。

汪小姐和卡萝的一番交涉，倒是顺利得仿佛儿戏。

"听说白小姐是记者，真是太巧了，但又有点不巧。"汪小姐把鱼钩抛入水中，只等对方来咬。"你若是晚几天来就更好了。眼下葛府正遇上一桩大事件，等事情解决之后肯定要找人报道，只是现在还不便走漏风声。"

"一点也不方便透露？"

"如果透露给你，可就暂时不能放你离开葛公馆了。"

"这桩'大事件'把雅弦也卷进来了吗？"

"就是她在帮我们处理。"

"汪小姐说的'暂时'又是多久呢？"

"最多一两天，这就要看刘小姐的工作是否顺利了。若真顺利，今天说不定就能解决。"

"那不如现在就讲给我听吧，如果时间允许。"卡萝真心恳求道，全然不知自己已经上了钩。"若真能让我碰上一桩大新闻，请几天假也不打紧的。而且我若是住下了，葛家也不至于亏待我吧？"

"白小姐倒是不客气。"汪小姐依然演得不露痕迹，眯着一双笑眼看向我这边。"那好，不如就让刘小姐来跟你说说吧。"

于是我向卡萝介绍了整件事的来龙去脉，只是略去了葛令仪的母亲的参与。她知道汪七动手打过我，在这个版本里，我将一切都描述成了一场误会。

"原来是这么一回事。"听完我的叙述，卡萝沉默了一会儿，最后说了一句，"整件事情真的跟纱厂的罢工没关系？"

"你看出什么关联了吗？"

"没有。我只是在想，如果葛先生的亲生女儿恰好是参与了罢工的女工，这个故事就更有意思了，报纸的读者也更爱看。"

对此汪小姐的评价是，"你只做个记者实在是屈才，该去写鸳鸯蝴蝶派小说。"

晚饭是葛令仪吩咐厨房做的，起初只要了翡翠蹄筋、叉烧豆腐、清炒蒲菜。汪小姐嫌不够，又教人烹了半只油鸡。用餐时我才知道，葛令仪的母亲暂时住到鸣鹤山的庙里去了，是葛天锡安排她去的，相当于遭到了流放。

葛天锡直到六点半才回到家里。当时我们已经吃过了饭，正坐在餐厅喝茶。汪小姐先过去迎接，应该顺便把卡萝的事情也跟他讲了。然后我和卡萝才跟着葛令仪一起去了会客室那边。那个时候我也差不多要出发了。

汪小姐当着葛天锡的面，把装了五万元钱的公文包交给我。葛令仪则提了盏小灯，领着我穿过幽暗的花园，来到停车的草坪。

我驾驶着借来的雪铁笼，离开葛府，向火车站驶去。

省城的火车站是座标准的日耳曼式建筑，听说设计师也是位纯血统的日耳曼人。

在太阳底下时，它那乳白色的墙壁和朱红色的圆形屋顶还算漂亮。此时却只能看到一张黑森森的剪影，立在脏乱的地面和凄冷的天空之间，唯有门口和几扇窗户亮着灯。立在旁边的时钟塔，也只在底座处安了几盏小灯，一束束光向上方打去，却无法照亮顶端那个巨大的表盘。

时间还早，我把雪铁笼停在一个能看到整个站前广场的位置，坐在车里开始观察，可惜没发现什么可疑人物。

起初，广场上还聚了些刚下火车的乡下人。他们大多穿着破旧的短衫，用扁担挑着行李，牵着三五个孩子。每个人都张着嘴巴，眼神直愣愣地不知该看向哪里。渐渐地，进站的车次少了，广场上的人越来越稀疏。没等到活儿的人力车夫垂头丧气地回家去了，巡警也拖着疲惫的步子下了班。

我一直等到七点五十分才提着公文包下车，来到时钟塔下。

大约又过了十五分钟，有个报童凑了过来，问我要不要今天的《江左日报》。我起初没打算理他，却猛然发现他手里还捏着一张对折过的笺纸。写了字的一面折在里面，看不清内容。我只好从口袋里摸出几个铜子买了份报纸，把那张笺纸也一并接了过来。

"这张纸是什么人给你的？"我问他。

他不回答，只是摇了摇头。我又摸出几个铜子，正准备递过去，他却一溜烟地跑进了夜色之中。我摊开那张纸，上面写着绑匪给我的指示：

"八点二十四分，往无锡的火车。上车后站在三车厢门口。"

时间紧迫，我一路小跑着进入车站，看了一眼时刻表，的确有辆八点二十四分发车的京锡区间车。买好票，来到站台上，火车还没有到，已经有十来个人在那里等车了。我试图观察每一个人，无奈站台的光线实在太过昏暗。灯底下的人尚能看清楚长相，那些站在阴影里的就只能看出个大概轮廓了。

火车进站，一共六节，几乎没有人下车。等站台上所有人都上了车，我才按照指示、站在了三号车厢的门口处。

距离发车时间越来越近，我开始猜测绑匪的计划。或许他们会在列车驶出的瞬间抢走那五万元钱，再把我从车上推下去，就此逃之夭夭。

站台上响起了一阵电铃声。

就在这时，一个人影从车厢那边朝我快步走来。他戴了顶学生帽，穿了件不合身的直贡呢西服，下身是灰格子裤和皮鞋，将脸隐藏在帽檐投下的阴影里。

"刘小姐，把包给我。"

那是个十分沙哑的声音。我松开手，他将黑色公文包一把夺了过去。出乎我的意料，他没有将我推下去，而是与我擦肩而过、自己跑下了火车，又在站台上转过身来面对着我。他补了一句：

"不要动，你敢下车我们就撕票。"

借着站台上昏暗的灯光，我看清了那张狭长的脸。的确不好看，甚至可以用贼眉鼠目、尖嘴猴腮来形容。他的鼻梁边上生着颗醒目的痣。

你是阿柱——我几乎要脱口而出，但还是强忍着、将已到嘴边的话咽了回去。

刺耳的汽笛声响起，火车缓缓启动，载着我向东南方向驶去。他就站在原地目送着我离开，左手提着装满钱的黑色公文包，探进怀里的右手或许正握着那把鲁格P08。很快，火车驶出站台，一个检票员来到我身边，粗暴地关上了车门。

我跑进车厢，把头探出最近的窗子，往站台那边看，他已经不在那里了。站台上一个人也没有。

20

我在常州下了火车,时间已经过了夜里十点,电报局早就关了门,更不可能有打长途电话的地方,只好先找到一家旅社住了下来。

次日一早,我乘上最早的一班火车回到省城,在车站用公共电话联络了葛府。起初接电话的是个女佣,我让她请汪小姐过来听。

"刘小姐?"汪小姐开门见山地说,"多亏你,人平安回来了。"

"人回来了就好。我那位朋友回去了吗?"

"你说白小姐?她还在府上,我教她写完报道再走。你什么时候方便过来一趟?我们还欠你一份谢礼,岑小姐也想亲口向你道谢。"

我于是跟她约好下午过去。

将雪铁笼开回侦探社之前,我在附近买了几小块小甜面包,准备既当早餐也当午餐。回到侦探社,又去公共浴室洗了个澡,换了身衣服。临近中午时,我煮了壶咖啡,就着面包喝了两杯,然后继续读陀思妥耶夫斯基的《穷人》。读了不到一百页,看着时间差不多了,便动身前往葛府。

我到的时候,所有人都聚在会客室里。葛天锡依然坐在洛可可风的沙发正中间，身边坐着岑树萱。葛令仪则坐在一旁的琴凳上。此时分隔两种装修风格的实木屏风已被撤去，汪小姐和卡萝坐在西墙边的紫檀木圈椅上，两人之间的小茶几上放着稿纸和自来水笔。

每个人都站起身来迎接我。打过招呼，我在英国式的椅子上坐下。

我从葛天锡的脸上看不出喜色，一如前几日我也没看出他有多担忧。或许只有跟他常年相处的人，才能读出种种微妙变化。

岑树萱和照片上一模一样，只是因这几日的遭遇而显得有些憔悴。在态度冷淡、表情僵硬方面，女儿还真是受到了父亲的遗传。她穿了件窄袖细腰的连衣裙，下摆垂到小腿中段处；颜色就像是颗还没熟透的柠檬，明黄里透着几分青涩的绿。应该是问葛令仪借的衣服。

葛令仪则穿了件月白色的软缎长旗袍，与她的年纪实在不相符，恐怕穿在汪小姐身上会更合适些。

"多亏刘小姐我才能得救。"

坐在我对面的女孩说道。这应该是句感谢的话，那声音却十分冰冷，就像一具刚刚从白令海里打捞上来的尸体。她的眼睛也空洞得像两口枯井，漆黑的眸子仿佛只是客观地映出面前的一切。

"我现在该怎么称呼你呢？"

"葛令淑，这是她的谱名。"葛天锡替她回答了我的问题。"她还需要一点时间来适应这个名字。"

"令淑、令仪，还真像一对姐妹。"

"本来就是堂姐妹，有什么像不像的。"葛天锡说。

"葛令淑小姐小时候也用的是这个名字吗？"

"小时候母亲喊我'萱萱'——其实也不知道具体是哪两个字。所以后来养母才替我取了'树萱'这个名字。"

"'树萱'听起来还有几分小家碧玉的味道,'令淑'就像个大家闺秀了,两个名字都合适得很。"

"还是不如堂妹的'令仪'大气。她才是真的大家闺秀。"

"令淑姐少挖苦我了。"一旁的葛令仪说,"我算哪门子大家闺秀,不过是寄人篱下罢了。"

"令仪又说笑了。"葛天锡说,却没有看向侄女那边。"天民只有你这一个女儿,我也只有天民这一个兄弟。我可从来没有亏待过你,以后也不会。"

"大伯待我很好,我很知足。树萱——令淑姐能平安回来,我也很开心,真的……"

葛令仪的话才说到一半,就啜泣了起来。我相信她的话是真心的。至于是不是因为开心才哭了出来,就只有她自己知道了。

这时汪小姐忽然起身,快步来到葛天锡身后,低声说了句"白小姐的报道已经写了不少,您要不要看一下",显然是想替葛令仪解围。

"不必了,这件事已经交给你来办,总不至于搞砸吧?"他也站了起来,语气中能听出一些不满,脸上还是看不出什么表情。"上了年纪,身体不行了。昨天夜里熬到太晚,中午又喝了酒,现在想回去躺一会儿。你们慢慢聊。"

葛天锡离开之后,汪小姐坐在了葛令仪身边。那张琴凳不算宽,坐下两人有点勉强。她们肩并着肩,像是一对肝胆相照的盟友。卡萝也拿着稿纸和自来水笔凑过来,坐在了另一张英国式椅子上。

"我这篇报道已经写得差不多了,只要补上葛小姐这几天的经历……"说到这里卡萝犹豫了一下,"只是葛小姐昨晚才脱险,肯定还心有余悸,怕是不想回忆起那些遭遇。"

"我不要紧。"她深吸了一口气,说得很平静,"绑匪待我还不错。只是他们当着我的面杀了好几个人,回想起来有点害怕。"

她说"好几个人",那么至少有三个,也许还要更多。其中有一个显然是汪七,剩下的又是谁呢?

"我从头说起吧。养父经营的电影院倒闭了,每天都有债主上门。他就带着我躲在一个女人家里。后来养父想把我嫁给南京的一个军人,不知道对方许诺给他什么好处。我不想就这么被卖掉,心里乱到了极点,有一天傍晚就跑了出去。出门时我没带多少钱,徘徊到太阳落山才想起,还有个生母留给我的木匣子放在宿舍,里面装了些首饰,当掉的话能换些钱救急,就去了学校一趟。拿到匣子,时间已经太晚了,当铺关了门,我身上的钱也不够住店的,只好找了个有屋檐的地方将就了一晚。"

"这是周日的事情,对吧?"

"好像是周日。第二天上午我就去当掉了匣子,换了五元钱。匣子里有张照片,是母亲生前唯一照过的一张全家福,我把它留了下来,放在包里。就算手里有了一点钱,也还是不知该如何是好。正好有个旧相识在当铺对面的钟表店做学徒,就想着去跟他商量一下。"

"为什么不来找我帮忙?"葛令仪问。

"我不想给你添麻烦。之前来这里做客的时候,见过你的母亲——现在应该改口叫叔母了——感觉是个很严厉的人。我怕你帮我会惹她生气。"

这的确是个很有说服力的理由,只是不知道葛令仪愿不愿意接受。她没再说什么,低下了头,许久都没有抬起。

"那个人以前也在养父的电影院做过学徒,但我认识他其实还要更早一些。"

"你们都是在鸣鹤山的慈幼院长大的,对吧?"

"我只住了两年,不能算是在那里长大。但他的确是。在慈幼院的时候,修女给每个人都取了英文名。他的是Jude,所以大家都叫他'阿柱'。"

"他的中文名是什么?"

"裘慎行。是他自己取的,因为太拗口没有人这么叫他。"

"你去找他只是为了商量,不是求他帮自己?"

"阿柱只是个学徒,自保都困难,我怎么会指望他能帮我呢?"她说,"我去钟表店找到他,说明了状况,他说店里忙,教我先去附近的一个地方等他。我照做了,等到下午他才出现,说是问店主请了假,先把我安顿下来再回去工作。他还说自己可能帮不上忙,但朗声哥说不定有办法。朗声哥也是在同一家慈幼院长大的。他比我们大几岁,所以我们都这么叫他。我跟阿柱都以为他能靠得住,没想到却被他骗了。"

"他是不是姓罗?"

"对,是姓罗。我跟阿柱去他工作的运输公司找到了他。他下班之后,把我们领到了一个朋友家,还买了些酒菜招待我们。他的那个朋友也在,说是妻子有事回了老家,自己还有别的住处,房子可以借给我们住几天。我没想太多就相信了,还从包里取出钱来给他,结果一个不小心,那张全家福也掉了出来,被朗声哥和他那位朋友看到了。"

"他是不是管那位朋友叫'白鸽'?"

"是的。那人长得还挺凶悍的,一脸横肉,额头上有道很深的疤,不知为什么叫了这么个小巧可人的名字。"

所谓"三鸟害人鸦雀鸽"。对于鸦片的坏处,这位大小姐应该深有体会;麻雀牌未必会玩也总该见人玩过。至于同样害人不浅的白鸽票,她就不曾听说过了。

"他们认出了照片上的男人是葛先生?"

"应该一眼就认出来了,但一开始并没有声张。朗声哥问我照片的来历,我就告诉他了。然后他跟他那位朋友都跑到外面去抽烟,过了好一会儿才回来。那个叫白鸽的戴上了手套,忽然用一根麻绳勒住了阿柱的脖子。朗声哥捂住了我的嘴。阿柱一直挣扎,还是挣脱不了,最后就在我面前被活活勒死了……"

"抱歉,让你回忆起这些。"卡萝说。

"没关系。就算我不去想它,也总能梦见这场面。他们把阿柱拖了出去,不知丢到哪里去了。回来之后,那个叫白鸽的开始翻箱倒柜,找到了纸、笔和信封,逼着我给葛公馆写信。起初只写了一封信给葛先生,教他准备赎金。后来又接连写了好几封关于交款方法的,内容都由他们口授。"

"你是什么时候意识到,葛天锡就是你的亲生父亲的?"

"不是我意识到,是他们直接告诉我的,说照片上我的父亲已经发达了,如今是省城里头一号的资本家。我虽然之前跟着令仪来过这里,但并没有见过葛先生。我也是听他们说出那个名字之后,才发现我父亲就是令仪的大伯。"

"你不知道自己的父亲叫什么?"

"一直不知道。小的时候没见过几次面,母亲也没跟我提起过。"她说,"其实我并没有很意外。我第一次在学校见到令仪的时候,就觉得亲切,其他人都不曾让我有过那种感觉。我们若是失散了的堂姐妹,反倒一切都顺理成章了。"

"我也是,第一次见到令淑姐就想跟你做朋友。"葛令仪说。

卡萝凑到我耳边说了句，"血缘这东西还真是不可思议。"

"之后几天我就被关在那个地方。他们两个轮流出去买吃的回来，总会留一个人看着我。有一天早上，忽然进来一个女人，好像是白鸽的妻子。他们两个不知道该怎么跟她解释，被劈头盖脸地骂了一顿，就带着我一起跑了出去。朗声哥说他知道一个地方能过夜，把我们载到了一座废弃的厂房，留下白鸽看着我，自己去置办了一些东西，有毛毯，也有吃的，还买了三瓶汽水。他们待我还不错，吃的都是让我先挑，还分了一瓶汽水给我。结果刚入夜没多久，就又有个男人闯了进来……"

她拿起茶几上的玻璃杯喝了一口水，又调整了呼吸，才继续说了下去。

"那个男人打着手电，进来之后就看到了我和朗生哥。他举起枪来，朝着我们这边开了一枪，但没射中。"

"他瞄准了你？"

"我不知道他想打死谁。还没来得及开第二枪，他就被躲在暗处的白鸽用汽水瓶砸了脑袋，倒在了地上。白鸽又砸了好几下，我没敢看，那动静一直回荡在厂房里。后来他们就又带着我逃走了，路上说是去投靠另一个朋友。结果把我带到了一个像草棚子一样的地方。

"我们到的时候，有个喝得烂醉的秃子睡在里面。被他们吵醒，那人就抄起一把菜刀要拼命。佢拿到了几张零钱之后，那个秃子一下子心情就好起来了，酒也醒了，同意我们住下。可那草棚根本挤不下四个人。朗声哥留下来看着我，另外两个人把车开走，不知去了什么地方，只是每天送饭过来。

"我在那里住了三天。因为那地方太简陋，基本就没睡着过。一直没洗澡，身上也痒得要命。每一分钟都很难熬。终于到了第三天晚上,他们说要放了我,给我蒙上了眼睛。但没有立刻让我上车。我听到什么人在挣扎的动静——那声音就跟阿柱被勒死的时候一模一样。后来又有一声枪响。然后我就被人拽着、推上了卡车。"

"枪响?"

她点了点头。"枪响之后,除了火药味,屋子里还隐隐约约能闻到血腥味,恐怕有人被打死了。"

"后来他们就放了你?"

"我被蒙着眼睛,不知要被带到什么地方去。卡车开了很久才停下。我听到了开门声,有人下了车,过了一段时间才回来。之后车又开了一段路,一个人把我抱下车,用很低很低的声音跟我说,让我站在原地不要动。然后我就听到车门关上的声音,引擎声渐行渐远。我又等了一会儿,才意识到我可能已经自由了,就摘下眼罩,发现自己正站在圣德兰门口。我跑进校门,找到门房,借电话打给葛公馆……"

"你是怎么知道这里的电话的?"

"是他们让我记住的,还说等我被放了,就立刻打这个电话。"

"你这段时间真是受苦了。"

"我没受多少委屈。只是可怜的阿柱,就这么因为我丢了性命。"她说,语调还是一如既往地冰冷。"我还听说父亲为了换回我,浪费了五万元钱,真不知该如何报答他。为了我这种人,不值得的……"

"你是他唯一的骨肉,当然值得。"沉默多时的汪小姐说道,"你若觉得有所亏欠,在令尊身边好好尽孝就是了。"

岑树萱——葛令淑描述的经历,与我掌握的信息基本吻合。

最大的矛盾在于阿柱的生死。按照她的说法，阿柱早在上周一就当着她的面被人勒死了，可是昨晚我却在站台上见到了他，赎金也被他拿了去。

不过真相到底如何，也不是我该关心的事情。我只管拿钱办事就好。反正她已经平安回家，葛天锡也相信她是自己的亲生女儿，一切皆大欢喜。至于警方能否追回那五万元赎金，绑匪又一共杀了几个人，我不在乎，葛天锡大概也不在乎。

我不想打扰一家人吃团圆饭，就赶在黄昏时分离开了。单纯的卡萝，到最后也没有察觉我带她来葛府的真正目的。她还要写稿子，没有跟我一起走。明天，她的报道会刊登在《江左日报》的头版，标题里大约会有"十年离散，五万赎金"一类醒目的数字。有这样的大新闻，报纸一定能多卖出几千份。

汪小姐送我到停车的草坪，递给我一个信封。我知道里面装着什么，也就没必要当场拆开看了。

"我从来没见葛先生这么开心过。"

"是吗，我倒是没看出他有多开心。"

"你当然看不出。"她说，"他们做资本家的，全都喜怒不形于色。不这样就没法跟人谈生意了。"

"你们打算怎么处置那位岑老板？"

"人已经找到了，还在谈条件。我们肯定不会替他还债。不过葛先生说，念在他对令淑的养育之恩，可以给他一笔钱，好让他永远离开省城。"

"这倒是最好的结果了——对谁都是。还有一件事，"我忽然想起，包里还装着那张两个女孩的合影，就取出来交到汪小姐手中。"姐妹俩只在一起拍过这一张照片。以后肯定会拍新的，但这张很有纪念意义。替我转交给她们吧。"

"转交给哪一位?"

"哪一位都可以。我就是不知道该给谁,才想着交给你算了。"

21

我驾车回到侦探社,发现外面停着一辆漆黑的 Tudor Sedan,1928 年款。我认得它,是侦缉队的车。

等我把车停好,孙警官从那辆车上走了下来。他没穿警服,而是在铁灰色的中山装外面披了件咖啡色的斗篷,看起来既像政客又像帮派头子,倒也符合他的身份。

"怎么,今天也要把我带到局子里去?"我问。

"刘小姐,你现在可是葛天锡的座上宾,我哪里请得动你。我现在正奉命追回那五万元赎金,你有没有什么线索能告诉我?"

"你觉得我有线索?"

"既然是你去送的赎金,至少应该看到了绑匪的长相吧?"

"看到了,但也只是一闪而过。岑小姐不是跟他们相处了好几天吗,为什么不去问她?"

"她若还只是'岑小姐',我们早就问了。人家已经是葛家的大小姐了,娇贵得很。如今又是惊魂未定、心有余悸的时候,我们哪敢去打扰。"

"那倒也是。不如上来坐坐吧。我刚从葛公馆回来,听她讲了这几日的经历,趁着还有印象,正好可以说给你听听。"

他跟着我上了楼,来到侦探社。我安排他坐下,又煮了一壶咖啡，为他倒了一杯。中午我已经喝过了两杯咖啡，在葛府又喝了茶，此时只想喝几口凉开水，就没给自己倒。

我也坐下，把葛令淑的话向他转述了一遍。他始终瘫靠在椅背上，一手握着托盘，一手扶着杯子，时不时啜一口咖啡，一副心不在焉的样子。等我讲完，他开始发问，那口吻就像是在审讯嫌犯：

"你说她昨晚被释放之前听到了枪声？"

"她是这么说的。"

"我给你看样东西。"

说着，他在从怀里取出三张照片，摊放在我面前。

那是三张半身像，不是同一个人的。三个人看上去都已经断了气。左边一张照片里的男人，右眼眶上面有个黑色的窟窿，像是弹孔。中间那张的人额头上有伤疤，脖子上有一道明显的勒痕。右边那张是个秃子的照片，脖子也被人勒过。他张大了嘴，眼睛鼻子挤在一起，额头上全是皱纹，表情十分痛苦。

"这是？"

"昨晚棚户区那边确实有人被枪打死了。我们在那里发现了这三具尸体。"

"这个人是被枪打死的，对吗？"我拿起左边那张，"我看这里好像有个弹孔。"

"没错，有人对着他的后脑开了一枪。你认识他吗？"

"这张脸我有点印象，好像在哪里见过。"我努力回想着，脑海里终于浮现出一个名字。"莫非是开卡车的罗朗声？"

"我们已经去运输公司核实过身份了，就是他。另外两个人是被勒死的，身份也核实过了。一个叫何铁柱，绰号'白鸽'。另一个叫曹金安，绰号'秃子'。他们两个以前跟罗朗声在同一家运输公司开卡车，后来一起被开除了。"

"尸体是在这个秃子家里发现的？"

"没错，是在他住的草棚里。我们在地上找到了九毫米子弹的壳子，弹头射进了土墙。在棚子里还发现了一个白色的手提包，女人用的。已经确认是岑小姐的东西了。"

"那声枪是什么时候响起的？"我问。

"附近的住户谁也用不起钟表，所以只能问出个大概的时间。肯定是在七点钟以后，最晚不会超过八点。绑匪从你手里拿走赎金是在……"

"八点二十四分，火车就要发车的时候。他让我留在车上不许下来，拿到钱之后自己下了车。"

"你看到他的长相了？"

"看到了。而且我大概知道他是谁。"

"大概？"

"别人跟我描述过这个人的长相，说他鼻梁旁边有颗很醒目的痣。取走赎金的那个人就长这样。"

"他是什么人？"

"就是岑小姐提到的那个阿柱。"

"但她不是说阿柱死了吗？还是当着她的面被勒死的。"

"她是这么说的。"

"那他怎么可能从你手里取走赎金？"

"这我就不知道了。"我又替孙警官倒了杯咖啡。"有可能是我看错了，有可能只是个长得像的人。当然，也有可能他根本就没死。"

"没死？"

"说不定阿柱从一开始就跟罗朗声他们是一伙儿的，被勒死也只是一出戏——演给岑小姐看的。让人以为他已经死了，才能在拿到赎金之后逍遥法外。"

"但你认出了他。"

"他又不知道我向钟表店老板打听过他的长相。"

"这还是说不通。"他把咖啡杯放在桌上，挺直了腰板。"阿柱没有时间跟他们密谋。按照岑小姐的说法，绑匪看到了她不小心掉落的照片，才萌生了绑架她的念头。在那之后罗朗声和白鸽暂时离开过，但阿柱没有跟着出去。两个人回来之后，就立刻对阿柱下了手。假使阿柱跟他们早就串通好了，又是在什么时候串通的呢？"

"也许他们早就知道了岑小姐的身份？不对，这也说不通。那张能证明她身份的照片一直放在木匣子里，她是在当铺把照片取出来的，之前谁也看不到。"

"还有什么办法解释阿柱的死而复生吗？"

"我倒是想到了一种解释，只是不知道能不能让你信服。"

"说来听听。"

"或许，阿柱的确在上周一晚上被白鸽勒住了脖子，白鸽也以为自己勒死了他。但他其实并没有死，只是一时昏厥了过去。不知道罗朗声和白鸽把他丢到了什么地方，总之他在那里醒了过来。"

"到这里就很难让我信服了。"

"后来阿柱趁着罗朗声落单的时候，找到了他，说服他转而跟自己合作。他们在孤儿院的时候就认识了，交情更深。而且秃子加入之后，绑匪一下子有了三个人，每个人能分到的钱就更少了。但如果罗朗声跟阿柱联手，就能平分五万元赎金。周日晚上，岑小姐被蒙上眼睛之后，罗朗声和阿柱一起袭击了白鸽和秃子，一人勒死一个。但罗朗声失算了。白鸽和秃子死后，阿柱又用那把鲁格 P08 一枪打死了他。阿柱就这么干掉了所有绑匪，载上岑小姐，驾车去火车站拿到了赎金。再将岑小姐送到圣德兰门口，就此逃之夭夭……"

"刘小姐，你很会编故事，但这都只是你的猜测。"

"寻找证据是你们警察的工作，我又何必越俎代庖呢？"

"我倒是还有个更大胆的猜测，只跟你讲讲，千万不要说出去。"孙警官拿起杯子，啜了一口已经凉了的咖啡，继续说道，"你说有没有可能，是这位岑小姐在说谎呢？"

"你这猜测确实够大胆的。"

"有件事你不觉得奇怪吗？你见到的那个鼻梁旁边有颗痣的男人——且不论是不是阿柱——他开车去火车站的时候，另外三个绑匪已经死了。也就是说他进站取赎金时，把岑小姐一个人留在了车上，这未免太冒险了。"

"说不定他还有同伙。"

"他若真是个孤苦无依的学徒，哪有那么容易再找个同伙？"

"你继续说吧。"

"岑小姐听到那个人下车的动静之后，完全有机会逃走，不是吗？"

"是有机会，但她敢吗？对方已经当着她的面杀了两个人，刚刚还开了一枪，她一个弱女子，受了这么多刺激，又不知道对方什么时候回来，何来逃走的勇气？"

"但你得承认，如果岑小姐说了谎，一切就全都说得通了。"他说，"假如阿柱并没有当着她的面被杀，而是参与了全过程，最后跟罗朗声联手勒死了白鸽和秃子，再枪杀罗朗声，独吞掉所有的赎金——这比你说的故事更合乎情理，不是吗？"

"她为什么要扯这个谎呢？"

"为了包庇情郎，这理由还不够充分？"

"倒是够充分。"

"说不定整起绑架案就是她和阿柱一手谋划的，另外三个人只是被他们拖下水罢了，最后还惨遭灭口。"

"没想到孙警官的想象力也这么丰富。她做这一整套戏究竟图个什么呢？"我问，"如果她一开始就知道自己的身份，落难之后大可以去投靠亲生父亲，立刻就能摇身一变、成为葛府的大小姐，从此不但衣食无忧，还有望继承大笔财产。又何必谋划这场绑架案、害自己吃这么多的苦头呢？"

"何必？"他哼了一声，"在外面躲藏几天，就能帮情郎赚到五万元钱，天底下还有比这更划算的买卖吗？更何况，你能保证她真的就是'葛小姐'？万一她到头来不过只是个'岑小姐'……"

"这些话你该去讲给葛天锡听。"

"我怎么敢。刘小姐，你这么聪明，应该明白我的处境才对。"

"我当然明白。如果你能把那五万元追回来，王队长开心，杨局长开心，你也能跟着开心。但如果葛天锡不开心，就算钱能找到，你们的开心也只能变成不开心了。"

"就是这么回事。案子能不能破倒在其次，大人物的开心才是最要紧的。我这警察是不是当得太窝囊了？"

"想开一点，窝囊的又不止你一个，还有四万万人陪你一起窝囊呢。"

孙警官离开之后，我从包里拿出汪小姐给我的信封，取出装在里面的五张百元钞票，放进了保险箱。后来我用掉了其中一张，买了辆德国产的蓝牌自行车，又置办了几件春夏季节的衣服。如果我每个月都有这么多进账，很快就能将这间侦探社从房东手里盘下来了。

可惜自此以后，再也没有哪单生意让我赚到这么多钱。

22

周四晚上，我接到了汪小姐打来的电话。她问我周日是否已经有了安排。我如实告诉她，还没有接到新的生意。

"葛先生有件事想找你帮忙，只雇你一天，酬金还是五十。有没有兴趣？"

"一天就能赚五十块钱的工作当然有兴趣。"

"这周日，令淑小姐要去鸣鹤山的慈幼院出席捐款仪式。她希望能请你做一天的保镖。"

"只有她去？"

"葛先生和我都脱不开身，我们这边只派她去。到时候省城的官员也会参加，《江左日报》社那边也说会派记者过去。"

"他们要派记者过去的话，十有八九是我那位朋友。因为那地方只有开车才能到，记者里又只有她会开车。"

"那真是太好了。白小姐文章写得不错，又懂得变通，她来写报道我们最放心。"

"你们对我的身手也放心？"

"既然有官员在，到时候自然会屏退闲杂人等。说是雇你做保镖，其实也不过是让你陪着令淑小姐，无聊时帮她解解闷。"

"我想也是这么回事。"我说，"我斗胆问一句，这次葛家要向慈幼院捐多少钱呢，方便透露一下数目吗？"

"两万，仪式上赠送支票。"

"这两万元花得很值。"

"那是当然，葛先生从来不做赔本的买卖。"

明眼人都看得出来，向慈幼院捐款只是找了个由头，办个仪式、还要请官员和记者参加，就是为了让新找回来的女儿抛头露面，再用那张两万元的支票来向公众证明其身份——葛天锡在她身上前前后后花了七万，她又怎么可能不是葛天锡的亲骨肉呢？

这世上没有什么不能用钱买来，也没有什么不能用钱来证明。

周日一早，葛家的车就开到了侦探社楼下，依然是那辆墨绿色的福特A型车，驾车的也仍是那个瘦弱却目露凶光的毛头小子。到了葛府，我在会客室等了一小会儿，葛令淑就出现在了楼梯口。她向我简单打过招呼之后，就径直出门，朝着停车的草坪走去。

她穿了件丁香色的短袄，配了条黑绉绸的长裙，提着个茶褐色的小包，低调得全然不像今天的主角。

我们坐上那辆墨绿色的福特。她坐在我左边，路上总是别过脸去、看向车窗外。我向她搭了几次话，每次她都会礼貌性地与我聊上几句，但一次也不曾主动开口。

"你和葛令仪现在都是'葛小姐'了，叫的时候挺容易弄混的。"

"你可以叫我'令淑小姐'，唤她'令仪'。汪小姐就是这么区分我们的。"

"你跟葛先生相认没多久，汪小姐与你也还有些生疏。再多相处些时日，迟早会熟稔起来的。"

"我知道大家都更喜欢令仪，她也的确挺讨人喜欢的。"

"你也可以学着讨人喜欢。"

"算了吧，我肯定学不来。"她的语调中听不出谦逊，也没有丝毫讽刺的意味，只让人感到一阵刺骨的冷淡。"我活这么大，就没有真的学会过什么。可能这就是令仪比我高明的地方。凡是该学会的，她都学会了。"

"这几日你们相处得可好？"

"当然好。她处处都让着我，还送了我很多衣服。"

"你现在这身也是？"

"这身不是。她的衣服，没有适合穿到慈幼院去的"

"听说你在慈幼院住了两年，当时过得怎么样？"

"我已经不太记得了。那是个很小的世界，每天的生活一成不变。说不上有多幸福，但也没吃什么苦。"

"是你后来的养母送你去那里的？"

"养母和另一个阿姨一起送我去的。她们都是母亲生前的朋友。本以为要在那里待到十六岁，到时候就做个女工，运气好些或许能读个师范学校，结果十岁时忽然就被收养了，成了能去圣德兰念书的大小姐。"

"是你命好。"

"刘小姐觉得我命好？"

"你不觉得吗？"

"好与不好，都不是我自己能掌控的。"

汽车行驶了半个小时左右，终于来到了慈幼院的大门口。

穿过对开的铁门，眼前是一片生着杂草的空地。一座中西合璧的两层建筑立在空地的尽头处。它的墙面由青砖垒成，屋顶铺着灰色的蝴蝶瓦，一层外廊却由一道道西洋式的拱券围起。建筑正面的中间位置耸立着一座钟楼，至少有二十公尺高。标有罗马数字的巨大表盘上方,是个重檐四角攒尖的屋顶,看起来既英伦又满清。

葛令淑告诉我这座楼名叫"知恩堂",前半是教室,后半是宿舍,中间有个天井——这是她第一次主动跟我说话。

知恩堂背后的鸣鹤山,山腰以上全都隐没在雾中。

我们到的时候,空地上已经停了几辆汽车,其中也有江左日报社的雪铁笼C6。下车之后,我一眼就看到了卡萝。她穿了一身灰绿色的女式西装,手里捧着徕卡照相机,正将镜头对准知恩堂的钟楼。

我们过去跟她打了声招呼。

"你不是第一次来这里吧?"我问卡萝。

"之前也来过几次。不过每次来这边都碰上雷雨天,一直没有机会给建筑拍照。今天多拍几张,以后再有慈幼院相关的报道也能用上。"她把脸转向我身边的葛令淑,"葛小姐近来可好,我那篇报道没给你添麻烦吧?"

"那怎么会。我这几天没去学校,有好几个同学看了那篇报道之后,都打电话到葛公馆来关心我。她们都是令仪的朋友,跟我并没有那么熟络,一定是因为白小姐的文章写得好,才让她们对我也有了些兴趣。"

卡萝做了几年记者,早就刀枪不入了,听到这番话也只有苦笑。

"葛小姐,以后关心你的人只会越来越多。"

"因为我成了'葛小姐'?"

"不仅如此,也因为你父亲在你身上砸了七万元钱。"卡萝说,"我一辈子的工资也到不了这个数目。"

"那不过是他的一厢情愿罢了。我只是说想回养育过我的慈幼院看看，他就教我拿着一张两万元的支票过来，还硬是要办个捐款仪式。"

"也许在他听来，你就是在问他要钱。"

"资本家都是这样？"

"确实都这样。"卡萝耸了耸肩，"不管别人说什么，他们都只当是要钱。但给钱给得这么慷慨的总归是少数——哪怕是给自己的亲生女儿。"

慈幼院那边也派了个修女来迎接葛令淑，还说院长请她去办公室小坐片刻，但被她拒绝了。在捐款仪式开始前，院长才和几个西装革履的官员一起出现。他看上去四十岁上下，微胖身材，头发剃得很短，蓄着络腮胡子，穿了一袭蓝绸长衫，踏着双黑帆布鞋，胸前却垂着个闪着金光的十字架。

钟声响起，孤儿们陆续来到知恩堂前的空地，在修女和教师的指挥下排成十列。目测有两百来人。

所谓仪式，就是听一群不认识的人讲些无关痛痒的话。起初是院长致辞，然后是省城主管文教的官员，最后才轮到葛令淑。她从手提包里取出一张稿子，面无表情地读了起来。那讲演稿虽然全是废话，倒也句句得体，想来是汪小姐的手笔。

她一讲完，就把稿子收回包里，取出一张支票来，郑重其事地交给了院长。卡萝凑到前面拍下了这一幕。

等掌声停歇了，二十来个被选出来的孤儿站成一排，开始齐唱校歌。他们有男有女，年龄在十岁左右，全都穿着上白下蓝的制服。唱到第二遍时，台下的孤儿也跟着唱了起来，场面很热闹。那院歌是用古奥的文言文写成的，我只听出了"我徂""予怀"一类的话，恐怕孤儿们也不知道自己在唱什么。

整套流程走完，时间已临近正午。鸣鹤山上的雾气早就散去了。官员纷纷乘车离开，院长满脸堆笑地送走他们，葛令淑也在一旁面无表情地挥着手。

"葛小姐之后还有什么安排？"院长问她。

"机会难得，我想到处看看，方便吗？"

"方便，当然方便，都是承载着您的回忆的地方，怎么会不方便呢。已经到这个时间了，要不要到教工餐厅来、一起吃个便饭？"

"可以的话，我想去大食堂用午餐。麻烦替我准备一份跟孩子们一样的伙食。"说到这里她看了我一眼，"也帮跟我一起来的刘小姐准备一份吧。"

院长虽然把不开心写在了脸上，但也只能派人去准备。他还想继续献殷勤，说要送我们过去，却被葛令淑用一句"我知道食堂在哪里"打发走了。

"我是不是很没礼貌？"她问我。

"你有底气，还需要礼貌做什么。"

从半圆形的石拱门进入知恩堂，再一直向东穿过整条走廊，就来到大食堂。我们到的时候，里面已经坐满了孤儿，只有最后一排桌子空着。

作为午餐，每个孩子能领到一块白面包、一份南瓜汤。汤盛在一个小瓷盘里，只有一个浅浅的底儿。表现好的孩子还能领到一小截香肠，我和葛令淑也有份。

卡萝没有要慈幼院的面包和汤。她是有备而来，随身带着饼干。

我们在空着的桌子边坐下。葛令淑显然没有忘记那段岁月，她熟练地用面包蘸着南瓜汤吃下，偶尔咬一小口香肠。我也有样学样。那香肠吃起来像蜡烛。我能确定里面一定没有肉，但具体填充了什么，实在想象不出来。

简单吃过午餐，卡萝开始采访葛令淑。

葛令淑的态度依然是礼貌而冷淡。被问到在慈幼院的经历时，她把之前在车上跟我说过的话又重复了一遍：说不上幸福，但也没吃苦。

卡萝又让她回忆一些当时的趣事。她沉默了一会儿，一件也没想起来。

我不忍看她们互相折磨，也觉得没什么意思，就说想暂时离开一下，去外面抽支烟。大食堂有个侧门，可以直接去室外，此时敞开着。我见有几个孩子在外面玩球，就没往那个方向去，而是按原路返回，穿过走廊，出知恩堂的正门，来到了刚刚举办捐款仪式的空地。

此时停在那里的汽车只剩下了葛家和江左日报社的。葛天锡派来的司机正站在墨绿色的福特车旁，啃着一张烧饼。或许是地上落了残渣，他脚边聚了几只麻雀，不停低头啄食。

我抽完一支烟回去，只见卡萝在食堂的桌子上铺开稿纸，正奋笔疾书着。葛令淑已不在那里了。

"葛小姐呢？"

"她说去外面找你，你没遇上她？"

"没有。"我说，"还是我去找她吧。"

离开食堂，我来到教学楼的走廊。走廊很暗，两侧都是教室，只在拐角处和楼梯口开了几扇窗子。

我没有看到葛令淑，倒是有个修女打扮的背影，正朝着前方走去。

她走得很慢，步子却十分优雅，就像是个被宫廷礼仪压得喘不过气的欧洲公主。我几步就追上了她。她转过身来。头巾包裹着一张微黑且瘦的脸,看上去不超过二十岁。她的眉眼之间却有种超然物外的清冷气质,仿佛生来就是要做修女的。

"有没有看到葛小姐?"

"来捐款的那位葛小姐吗?"她说,"她在图书室。"

说着,她指了指我身后的一扇木门。我向她道谢,她也只是礼貌性地点了点头,眼睛再没有看向我这边。我忽然觉得,假如葛令淑没有被岑家收养,或许也会做个修女。

我推开门,走进图书室。

那是个不大的房间,但显然精心布置过。紧贴着左墙摆了一排西洋式的书柜,门上全都装有玻璃;右墙那边则立着几个中式书橱。中间一块区域铺着绒毯,摆了三张柚木桌子。其中两张旁边各围着四把椅子,靠窗的桌子边只有两把。椅子上全都放有深蓝色的丝绒坐垫。

只可惜作为图书室,采光却并不理想。仅有的一扇玻璃窗外面,生着棵正值花期的紫玉兰,遮住了不少光亮。好在每张桌子上都摆了一盏绿宝石色灯罩的台灯,必要时可以弥补天光的不足。

葛令淑坐在靠窗的桌边。我走过去,她拿起放在旁边椅子上的手提包,示意我坐下。

她面前放着一本黑色封面的和合本《圣经》,厚得像个塞满钱的公文包;下面还压着一册茶褐色封面的书,开本很大,标题被《圣经》挡住了,书脊上一个字也没写。

"刘小姐读过《圣经》吗?"她问我。

"为了能跟信教的人搭上话,倒是读过一遍。"

"有什么喜欢的话吗?"

"约伯诅咒自己生日那段。"

"真巧,我也喜欢这一段。"

说着,葛令淑随手翻到《约伯记》的那一页,就好像这些年一直在重复这个动作。她轻轻地吸了一口气,朗读了起来:

愿我生的那日和说怀了男胎的那夜都灭没。

愿那日变为黑暗;愿上帝不从上面寻找它;愿亮光不照于其上。

愿黑暗和死荫索取那日,愿密云停在其上,愿日蚀恐吓它。

愿那夜被幽暗夺取,不在年中的日子同乐,也不入月中的数目。

愿那夜没有生育,其间也没有欢乐的声音。

愿那咒诅日子且能惹动鳄鱼的,咒诅那夜。

愿那夜黎明的星宿变为黑暗,盼亮却不亮,也不见早晨的光线;

因没有把怀我胎的门关闭,也没有将患难对我的眼隐藏。

她没有继续念下去,砰的一声合上了书,然后站起身来,将《圣经》和那本大开本的书一并抱起,向那一排西洋式的书柜走去,打开玻璃门将书放归原位,然后才回到我这边来,拿起被她放在桌上的手提包。

"我还有个想去的地方。"

我问她是哪里,她却只是一言不发地离开了图书室。我也只好跟了过去。

我们就这样肩并着肩,沿着走廊向西走了一段路,从一个小门进入种着各式喜阴植物的天井，又穿过天井到了宿舍区。宿舍区的后门没开在中轴线上，我们不得不经过几间宿舍的门口。每间宿舍里都摆着上下两层的白色钢丝床。见有外人经过，有几个孩子凑到门口，向我们投来好奇而呆滞的目光。

出后门，外面是一片菜地。我能认出空心菜和小葱的幼苗，其余的便不认识了。这里显然也不是她想去的地方。

我们又穿过一片树林，来到一块空地。那里立着二三十个十字架，都是木头做的，有些已朽烂不堪，也有的上面爬满了青苔。我猜，每个十字架下面都长眠着一个在慈幼院里夭折的孩子。葛令淑稍稍驻足，看了几眼，然后继续向前走去。

她最终在一片池塘前面停下了脚步。池水是青绿色的，又倒映着周围苍翠的树，只有中间一块能看到些许来自天空的蓝。

"这池塘原来这么小。"她说。

"是你长大了。"

"刘小姐，你能想象吗，我差点淹死在里面。当时我只有八九岁，刚来慈幼院几个月。是我的一个朋友救了我。她却死了。"

这池塘小归小，却一眼看不到底，总有个两三公尺深。成年人若水性不好，也有可能淹死在里面。

"那个时候，我和莉莉经常偷偷跑到池塘这边来玩。这里只有我们知道。"她继续说道，"都怪我不小心，滑了一跤，落到了池塘里。我不会水，莉莉会一点。她就跳下来救我，把我推到了水浅的地方，自己却沉了下去。我去叫大人们过来，但已经太迟了。她就埋在我们刚刚经过的那片墓地。"

"为什么要跟我说这些？"

"我还能跟谁说呢？"葛令淑的语调依然是冰冷的，脸上也看不出丝毫的动摇。"我在这里熟悉的人都不在了——莉莉、阿柱、朗声哥——只有我还活着。刘小姐，你知道吗，我原本没打算穿现在这身衣服，而是想问汪小姐借一条黑色的连衣裙。但她觉得不适合今天的场合，才教人用自己的衣服替我改做了这件上衣……"

"既然勾不起什么好的记忆，又何必非要回来一趟呢？"

"我也不明白，只是觉得应该回来看看。"

"如果那两万元钱能改善孤儿们的生活，那你也算是不虚此行了。"

"但愿如此。"

离开慈幼院前，葛令淑没有去拜访院长的办公室，只是教一个修女知会院长一声。

她坐上那辆福特车之后没多久就睡着了，也有可能只是懒得跟我讲话而装睡。她摆了个很优雅的姿势，将右手的手背垫在左肘下面，左手托腮，身体微微前倾。直到汽车抵达葛府，她都没有醒来，也没有倒向我这边。

我们走进会客厅时，葛令仪正在里面弹钢琴，依然是舒伯特的曲子。见我们回来，她起身迎接，脸上却微微泛起红霞，似乎是对刚刚的演奏很不满意。

葛令淑揉着睡眼，跟堂妹打了声招呼，就说要回房间继续睡了。

会客厅里只剩下我和葛令仪。

"汪小姐让我把这个转交给你。"

说着，葛令仪拿起放在钢琴上的一个信封，递到我面前。我伸手去接，她却迟迟没有松手。

"刘小姐，我能不能也像这样雇你一天呢？就在下个周日……"

"雇我做什么?"

"你什么都不用做,来我家里做客就好。"

"我是个探子,可不是陪酒的交际花,不会收钱去别人家做客。"

"我有事想跟刘小姐商量。"她的脸更红了,"这件事只能找你商量。"

"想要我来做客,直接邀请就好,何必花钱雇呢?"

"说的也是。那刘小姐愿意来吗?"

"之前害你被母亲责怪,我欠你一个人情。"我说,"你邀请我来,只要有空我是不会拒绝的。"

"那你有空吗,下个周日?"

"当然有空。之前拿了那么多谢礼,这个月我都准备休假了。"

"那真是太好了。"葛令仪终于松开了手,让我拿到了信封和里面的五十元钱。"就定在下周日上午十一点钟吧。只是我没法调遣府上的司机,刘小姐,你能自己过来吗?"

"我正好新买了一辆自行车,想试试能不能骑到山上来。我只是担心,骑自行车过来是不是寒酸了些,会不会被门房拦在外面。"

"怎么会,以前我周末出门也总是骑自行车。"

"你还真是什么都会。"

"都是家母教育得好。"她苦笑道,"家母对我的要求一向是,凡是别人会的东西我也必须得会。不过相应地,我也对她提了要求。"

"什么要求?"

"凡是别人有的东西我也必须得有。"

"以后如果有机会,我可以教你用手枪。"

"好啊,一言为定。"葛令仪沉吟片刻,"下个月我就十六岁了,不如就让汪小姐买把枪给我做生日礼物好了。"

23

去葛府赴约之前还发生了一段小插曲。

周四中午,我和卡萝一起用午餐。难得她主动约我,地点仍选在报社附近那家生意惨淡的咖啡馆。

吃过饭,卡萝拿出一张照片给我看。

那是张年轻女人的照片。她穿了件浅色的连衣裙,裙摆一直拖到地上;头发烫过,却盘成一个很过时的发型。照片右边有一大片留白。一只手从空白处伸出,搭在女人的肩膀上,看着有些吓人。我又盯着那里看了一会儿,才悟出其中的玄机。

这张照片一定是翻拍的,拍照的人用白纸挡住了底本的右半边。

如果仔细观察,还会发现所有浅色的区域都呈现出一种墨点般的颗粒状,颜色再深些就变成了漆黑一团。我猜翻拍的底本八成是印刷品。

"你对照片里的人有印象吗?"

我又重新确认了一下。我没看错,那的确是新月眉、杏核眼、宽额头、尖下巴和高颧骨的组合。

"这样的长相我只见过一次,也是在一张照片上。她是葛天锡死去的妻子——也就是他新认的女儿的生母,对吗?"

"寄照片来的人也是这么说的。"

"这到底是怎么一回事?"

"照片是昨天中午寄到报社的。傍晚有个男人打电话过来,自称是寄照片的人,还说照片里的女人是葛天锡的亡妻,以前在上海做过不那么光彩的职业。他说自己手上有更确凿的证物,如果我们感兴趣,可以面谈。这事情我做不了主,就没挂断电话,去请示了主编。主编觉得这事未必可信,但不妨会一会他。"

"你们定下时间地点了?"

"今天下午三点钟,在米勒咖啡馆。"

"需要我做些什么?"

"帮我们调查一下这个人的来历。如果背后有人指使,也一并揪出来。"

"他提供的情报若属实,你们敢刊登出来吗?"

"刊不刊登是主编该考虑的事情。不过我们也不是第一次遇上这种事了。按照惯例,拿到大人物的丑闻,主编会先去问问当事人,愿意拿出多少钱来封口。价钱没谈拢,事情才会见报。"

"这不算敲诈勒索?"

"所谓报业,就是这么一回事。"说着,她从风衣口袋里取出车钥匙,在我面前晃了晃。"你知道这辆雪铁笼是怎么来的吗?"

"我现在知道了。"

我们在店里坐到两点钟,才动身前往米勒咖啡馆。

尽管同在临港区,中间只隔着两条街,两家咖啡馆的生意简直判若云泥。才来到米勒咖啡馆的门口,就能听到里面的种种动静。在颓废的爵士乐的帮衬下,谈笑声此起彼伏,热闹得像个舞厅。

好在热闹归热闹,毕竟是平日下午,座位总还是有的。卡萝先进去,选了个比较僻静的位置。隔了一会儿我也进去,坐在她附近。

我点了杯热可可,又问侍者要了份英文报纸。

照片的提供者很准时,踩在两点五十八分来到咖啡馆。

他看上去三十岁上下,穿了身干净的白帆布西装,戴了顶浅灰色的呢绒帽子,提着个公文包。那张脸胖得恰到好处,一个蒜头鼻,两片厚嘴唇,一双耷拉着的眯缝眼,再配上一副黑框圆眼镜,看着敦厚老实,又不显得特别愚钝,很适合办这类差事。

在一片嘈杂声中,他们的对话断断续续地传到我耳朵里来。对方绝口不谈手上的"证据"究竟是什么,只是一味地跟卡萝讨价还价。恐怕幕后确实另有人指使。最后卡萝表示自己做不了主,必须跟主编商量一下,让对方今天晚些时候再打电话去报社。

他似乎很满意这样的结果,也默认是卡萝付钱,起身走出店门。我把数目正好的零钱放在桌上,也离开了米勒咖啡馆。

那人丝毫没有察觉自己被跟踪,穿过几条街,径直走向了幕后主使的所在。

那是一座位于临港区外围的公寓楼,英国人建的。他走进一个门洞,喘着粗气爬上三楼,来到一扇咖啡色的木门前。这地方我很熟悉,之前不止一次受人之托来这里捉奸。这间公寓是冯姨名下的,专门借给别人寻欢作乐用。

我把耳朵贴到门上,果然听到了冯姨的声音。

"交代你的事情办妥了?"

"都办妥了。就是报社的人犹犹豫豫的,迟迟不肯开价。"

既然是老熟人在捣鬼,也就不必客气了。我抬起手,狠狠地敲了敲那扇门。

"什么人?"

冯姨在里面问，我没理会，只是自顾自地继续敲。终于她按捺不住，过来给我开了门。她穿了件暗红色的团花绸旗袍，手里夹着一支没来得及点燃的香烟。

见门外的人是我，她脸上的怒意顿时化作无奈，长叹了一口气，将我请了进去。

这间公寓有个小得可怜的客厅，墙上贴着珍珠色的壁纸，地上铺着白底青花的绒毯，又摆上了两张皮沙发和一个柚木的圆茶几，另有一扇门通往办事用的卧室。

"刘小姐，你又来坏我的好事了。"

"谁让你总是拿别人的坏事当自己的好事。"

冯姨一屁股坐在沙发上，对跑腿的男人说了句"这里没你的事了"。那人倒也爽快，只是哼了一声、瞪了我一眼，然后就迈着大步摔门而去了。

我也在沙发上坐下。冯姨划了根火柴，点燃了手里的烟。

"原来你认识葛令淑的生母。"见她不接话，我继续说道，"和她养母一起送她去慈幼院的人是不是你？"

冯姨沉默了好一会儿，才挤出一句"是我"。她把没吸几口的香烟在烟灰缸里掐灭，侧过身去，从沙发旁的矮柜抽屉里取出一本小册子，丢在茶几上。

那是本名叫《舞国春秋》的杂志，民国五年第二期。封面上印着个浓妆艳抹的女孩，我不认识。翻开目录，果然都是些介绍当时上海的舞女的文章。我继续往后翻，很快就看到了一篇题为《三姝巧媚，艳压群芳》的小短文，那张照片正是从文章的配图翻拍而来。我没猜错，照片里的女子右边的确还站着一个人，只是我没想到她左边也有。

登在杂志上的正是"三姝"的合影，下面还印着她们的名字。从右往左依次是祝曼柔、夏雪莲、冯美霞。

我看了看杂志上的冯姨,又看了看现在的她。她年轻时的确是个美人坯子,只是如今上了些年纪,不免相由心生,骨子里的刻薄与狡诈全都长在了脸上。

"原来你叫冯美霞。"

"已经很久没有人喊过这个名字了,如今再听到都不觉得是自己。"她说得很感慨,"我跟曼柔还有雪莲,差不多同时入了这一行,最开始一起受穷,后来一起受气,熬了两三年总算有了些声价。"

"当时上海就已经有舞厅了吗?"

"哪有什么舞厅。像什么安乐宫、桃花宫、广寒宫之类的,都是后来才建起来的。我们那个时候,就跟戏班子跑堂会似的,只要什么地方办舞会,就得赶过去陪人家跳舞,有时候一晚就要赶好几场。那真不是人过的日子,做了几年身体就吃不消了。我很务实,给有钱人当了姘头。曼柔保守些,嫁给了做生意的岑老板。只有雪莲最天真,听信了那个赌鬼的花言巧语,还给他生了个女儿。可是那种人又怎么靠得住呢,没过多久就抛弃了她们母女俩。"

"夏雪莲是怎么死的?"

"上吊。女儿把邻居叫过去的时候,人早就凉了。"她又叹了口气,继续说道,"雪莲当初被那个赌鬼丢下之后,带着女儿住在闸北的一间小平房。照理说她也不是没风光过,应该有一些积蓄,日子不至于太清苦。但我听说她死后,在那间屋子里没找到什么现款,也没发现什么值钱的东西,只有一个木头匣子,里面放着些做舞女时的旧首饰。那个匣子后来被她女儿带到慈幼院去了。"

"我见过那个匣子。送她到省城的慈幼院是岑夫人的主意？"

"是啊，是曼柔的主意。当时曼柔已经跟着岑老板到了省城，认识那边的老院长。是我领着萱萱从上海来省城的，然后我们两个一起把她送去了慈幼院。"

"还好她后来是被岑夫人收养了。若是被你领回来，八成是要给你做摇钱树的。"

"她命好，不用给别人当摇钱树，还成了大小姐——我们几个命贱。"

"你一直不知道夏雪莲的相好就是葛天锡？"

"我当时并不知道她男人叫什么，只知道是个赌鬼。倒是见过几次面，也没记住他长什么样子。他当时很潦倒，也很邋遢，完全不像如今这般富贵光鲜。所以再次见到也不可能认得出来。而且，我做梦也不会想到，短短十几年，一个抛弃妻女的败类竟能混到省城首富。真是苍天无眼。"

"你是看了《江左日报》上的报道才知道的？"

她点了点头。"第一篇报道出来的时候还不敢相信，看到后来那篇萱萱去慈幼院捐款的报道才信了。"

"然后就打算借这件事捞一笔？"

"我只是想狠狠讹那个赌鬼一笔，就当是替雪莲出一口恶气。只可惜，你现在查到了我这里，这件事只能作罢了。"

"你也算有恩于葛小姐，不打算见她一面吗？"

"还是算了吧。整个省城都知道我是什么样的人，还是不见为好。"

我离开时，冯姨想把那本《舞国春秋》送给我，我没有要。还是让她自己留作念想吧。

回到侦探社，我给卡萝打了个电话，跟她简单交代了事情的始末。听完我的话,卡萝的感想却是,以后若有机会一定要采访一下冯姨。

那个受冯姨指使的男人再没有联系过报社。

24

周日上午,我按照约定的时间来到葛府。

一个女佣在大门口迎接我。我停好自行车,跟着她穿过花园、走进空荡荡的会客室。那里立着另一个女佣,我没记错的话她好像叫"轻霜"。她说了句"小姐在房间里等您",就领着我上了二楼。

来到葛令仪的房间,就像走进了一幅先拉飞叶派同盟[①]的画作。

葱绿的壁纸上印着西洋风的卷草纹。窗帘是天青色的,半开的窗户上镶着红黄蓝三色的玻璃;红的像美酒,蓝的如珐琅,黄的似琥珀。英国式的胡桃木桌子上,有盏形如郁金香的乳白色台灯,旁边却放着几册线装书和一方古瓦形状的澄泥砚。

葛令仪坐在漆成咖啡色的椅子上,全身上下都是西洋款式的衣服,配色却让人想起秦少游的那句"揉蓝衫子杏黄裙",完全是一副恋爱中的少女的打扮。她放下手中的湖笔,又摘下嫩黄的玳瑁边眼镜,起身迎接我。

她把椅子让给我,自己坐在了铺着湖水色床单的床上。

我这才注意到,桌上还摊放着一张罗纹洒金笺纸,上面用小楷写了百十来个字,好像是一首词。小楷是《灵飞经》一路,有

[①]今多译为"拉斐尔前派",英国绘画流派。

一定的功夫，可惜筋骨有余而血肉不足。可能使惯了自来水笔的人，用起软笔来都不免有这个毛病。

"刘小姐来得正是时候，我刚好填完一首《金明池》，用了柳如是的旧韵。"

那张笺纸上的墨迹分明已经干了，也不见修改的痕迹，很明显不是刚填完，而是早就誊录好的。我不忍心戳穿这个可爱的谎言，拿起笺纸仔细读了起来：

> 日暮人间，风生水岸，梦入芙蓉暗浦。记剡溪、名山雪后，叹重到只有飞絮。但年时、旧苑来寻，尚识得、柳䰀娇莺低舞。恨事已非前，树犹如此，却是兰成遗句。菀菀千枝吹未雨。更左近楼台，伤心如许。行吟久、吴霜侵染，怕重访、少年交故。况歧途、茵溷相怜，诵鸮羽忧怀，晨风辛苦。纵酒洒闲花，书沉素鲤，便咽此情难语。

"你最近过得不开心吗？"我说，"整篇读下来，颇有一种今昔之感，只觉得你在怀念些什么。"

"那倒没有，都只是'为文而造情'罢了。我这首词，刘小姐不喜欢吗？"

"喜欢，当然喜欢。"

"自从《人间词话》和胡博士的《词选》开始流行，清真、白石、玉田这一路的词总被人看不起。我这首词若拿给同学看，她们多半是看不懂的。"

"没想到你年纪虽小，品味倒胜过那些象牙塔里的学究。不过里面有些话，未免太故作老成。明明是个小姑娘，却写什么'吴霜侵染'，还'少年交故'……"

"那句只是凑韵而已。"她这么说着,却轻叹了一声,似乎有什么心事。

"其实葛小姐第一次来侦探社的时候,我就知道你的旧学功底一定了得。"

"是吗,何以见得?"

"你向我说出岑树萱的名字之后,又补了句'草字头的萱'。我猜是想到了《毛诗》里有句'焉得谖草,言树之背',那是言字旁的,你怕我弄错才特别强调了一下。"

"我当时想到的应该是阮嗣宗的《咏怀诗》。"

"里面好像是有一句'谖草树兰房',用了《毛诗》的这个典故。"

"对,就是这首。说来也奇怪,这首诗我原来倒也不觉得有多好,近来却愈发喜欢了。"说着,她竟背诵了起来:

二妃游江滨,逍遥顺风翔。
交甫怀环珮,婉娈有芬芳。
猗靡情欢爱,千载不相忘。
倾城迷下蔡,容好结中肠。
感激生忧思,谖草树兰房。
膏沐为谁施,其雨怨朝阳。
如何金石交,一旦更离伤。

"你最近跟堂姐一起去江边玩了?"

"那倒没有。刘小姐觉得重点是起首的'二妃游江滨'吗?我倒是觉得诗眼全在末句的'如何金石交,一旦更离伤'。"

"我只是个拿钱办事的探子,不懂这些。你是阅诗敦礼的大小姐,自然以你说的为准。"

"我已经不是大小姐了。"葛令仪纠正道,"是二小姐。"

正午时分我们离开了她的房间。回到会客厅,那个名叫轻霜的女佣仍站在那里。葛令仪向女佣使了个眼色,女佣也会意地向她点点头,不知是达成了什么默契。那一瞬间,我感觉迎接自己的将是一场筹谋多时的鸿门宴。

"今天家里只有你?"我问。

"大伯和汪小姐要跟政府的人应酬,估计夜里才回来。家母在庙里住惯了,还打算继续住下去。"

"你堂姐呢?"

"有同学邀请她去踏青,她又不懂得拒绝,就跟着去了。"

"她们没邀请你?"

"自然是邀请了,但先邀请了令淑姐。"

"所以你就不去了?还真是小孩子脾气。"

"就算她们先邀请我,我也不会去的。"她说,"她们才是小孩子,那种幼稚的家家酒我早就受够了,还是跟刘小姐这样的大人在一起比较自在。"

葛令仪领着我走过一条树木间的小径,又穿过一扇月洞门,来到了葛府的中式花园。这里我只远远看过一眼,如今走近了才发现别有洞天。

被曲桥从中截断的池塘远比想象中要大,荷叶在绿水里不那么醒目,近处还能看到金鱼游弋其中。水边除了枇杷树,还种着几株垂丝海棠、一架紫藤,都正值花期。葛小姐像是无心赏花,驻足看了几眼就领着我去了别处。

我们最终来到一座建在假山上的亭子,从那里能将整座花园一览无余。

亭子的石基砌成梅花形状，花瓣处立着五根柱子。柱子和顶盖用的是素净的柏木，不曾髹漆，铺在上面的瓦也是古雅的青灰色，颇有几分禅意。入口处悬着块匾额，用棱角分明的魏碑体题了"无虑"二字。亭子正中间有个石桌，此时铺上了洁白的桌布。桌边摆着两把藤椅，都加上了丝绒的坐垫。

葛令仪招呼我坐下，自己则坐在我对面。

"这里风景好，我们就在这里用午餐吧。"她说，"家里新聘了一位会做西餐的厨师——说是厨娘可能更合适。是个女孩子，没比我大几岁。她家在上海经营番菜馆，从小耳濡目染，也算是有家学渊源了。今天正好请刘小姐尝尝她的手艺。"

很快，两个女佣不停端来菜品，摆了一整桌，有奶酪焗面、红烩鱼、罗宋汤，还有用时令蔬菜做的色拉，主菜是一大盘奶油葡国鸡，饮料则准备了红白两种葡萄酒和汽水。

用餐时，葛令仪告诉我，她也在跟着这位新聘的厨娘学做西餐。

"这里的菜你学会几样了？"我问她。

"做法全都知道，能不能做出这个味道就难说了。"

作为主菜的奶油葡国鸡尤其可口，我就向葛令仪请教做法。她说这道菜很容易做，只要先将鸡肉切块，裹上面粉再加点胡椒，放进油锅里煎至金黄；再放入洋葱、番茄酱、盐、糖、咖喱、洋酒，和鸡汤一起闷煮；最后倒上些奶油，放进炉中烘烤一小时，便做成了。

"你这是请刘姥姥吃茄鲞啊。"

"明明是请刘小姐吃葡国鸡。"葛令仪笑道，"说来也真奇怪。我读《红楼梦》，最讨厌的就是王熙凤，没想到却说了跟她一样的话。都怪你问我这道菜的做法。"

"葛小姐应该最喜欢史湘云吧？"

"为什么这么说？"

"因为史湘云人人都喜欢，即便不是最喜欢的，被人这么问也不会觉得被冒犯。"

"我原本是最喜欢史湘云的，最近倒是越来越喜欢探春了。"

"你也想像她一样远嫁重洋？"

"远嫁就算了，我倒确实在考虑留学的事情。"她脸上的表情渐渐严肃了起来。"今天请刘小姐来，也是想跟你商量这个。"

"女孩子出去见见世面自然是好事。更何况你大伯有钱，负担得起。"

"听说白小姐是巴纳德学院毕业的，不知那里是否难考。"

"那里难不难考，你该问卡萝才对。"

"我找机会问问她。"说到这里，葛令仪慢慢将视线移开，不再盯着我看。"其实，去哪里留学倒是其次，关键还是和谁一起去。"

"不和你堂姐一起吗？"

"她要留在大伯身边尽孝，怕是走不开。我是想着，雇个可靠的人在身边，做我的司机，最好关键时刻还能保护我。"

"你心里已经有人选了？"

"刘小姐，你还真是明知故问啊。"

"我只是觉得，受雇于你的这个人还挺可怜的。"我说，"抛下所有事业跟你远渡重洋，也算是做出了重大的牺牲。可是等你读完几年书，总归是要嫁人的，到时候怕是又要将这人弃如敝屣了。"

"我也不一定要嫁人。"

"那也总归是要长大的。"

"如果我出的钱足够多，多到几年之后那个人能用这笔钱重新开展事业，甚至比现在还更上一层楼，是不是也算是对得起她了呢？"

"那倒是挺诱人的。你拿得出那么多钱吗？"

"到了那边节省些开支用度就好，我也不是那么喜欢乱花钱的人。"她脸上露出一丝令人心疼的苦笑，眼睛依然不敢看我。"刘小姐你也不用现在就答复我，反正留学的事情还要从长计议。"

"跟你大伯商量过了吗？"

"还没有，但他应该会支持我。事到如今，大伯也没什么理由把我留在身边了。我只是担心家母会反对。反正又不是她出钱，她不可能拗得过我。"

后来女佣过来撤去杯盘，送来了红茶，我和葛令仪继续坐了一会儿。一壶红茶见了底，她又领着我将葛府的花园仔细转了一遍。

我们回到会客室时，刚好三点钟。今天葛令仪已经向我展示了她的书法和旧学功底，又间接展示了厨艺，钢琴自然也不会缺席。

她依然弹了舒伯特的《即兴曲》，相较之前进步很大，看来只要稍加练习，这样的曲子根本难不倒她。然而她随后弹起的勃拉姆斯的《间奏曲》，显然还没怎么练习过，弹到后半就彻底乱了阵脚。葛令仪还弹了萧邦的《船歌》，她应该知道这是李舜颜的代表曲目，所以弹得格外卖力，给人的感觉就像是一艘货轮行驶在大西洋上。

最后她自己伴奏，唱了一首英文歌，作为这场小型音乐会的收尾。她那未经训练的稚嫩歌声，倒是尤其适合这首节选自丁尼生的《公主》的短诗：

> 深红色花瓣睡了，白花瓣也睡了
> 官苑步道旁的柏树也不随风摇曳
> 斑石围栏的喷泉里金鱼不再眨眼
> 醒着的就只有萤火虫，还有我们
>
> 乳白色的孔雀低垂脖颈，仿若幽灵
> 她也如幽灵般，向我闪着微茫的光
>
> 大地之上，铺展着星光和金色的雨
> 就像你的心也对我毫无保留地敞开
>
> 流星无声地坠落，划出一道闪亮的
> 辙痕，你在我心里留下同样的印记
>
> 睡莲将甜美收进合拢的花瓣
> 正轻轻滑入湖水的怀抱之中
> 我的挚爱，请你也抱紧双臂
> 滑入我怀中，与我融为一体

我想赶在其他人回来之前离开葛府，就在黄昏时分向她道别。葛令仪一直将我送到铁门之外。我推着自行车，她跟在我后面。微凉的晚风吹起，送来一阵香甜的气息。

"刘小姐。"

她忽然叫我。我刚一回头，葛令仪就把脸凑过来，在我的唇上飞速地吻了一下，然后就一路小跑着、进了葛府的大门。

那一瞬间我明白了两件事。第一，她也曾这样亲吻过岑树萱。第二，她再也不会这样亲吻葛令淑。听到铁门砰地关上，我又明白了第三件事，唯独这件是与我切身相关的：葛令仪最近一段时间应该不想再见到我了。

25

但我错了，周一傍晚我就接到了葛令仪打来的电话。

"刘小姐，你现在方便吗？"她刻意压低了声音，像是怕被谁听到。"我们有要紧的事情想找你商量。"

"方便。就在电话里商量？"

"我们派车过去接你。到时候就在昨天用午餐的那个亭子碰面吧。"

"我知道了。"

"一会儿见。"她长舒一口气，挂断了电话。

十五分钟后，我听见汽车喇叭响了一声，就下了楼。果然葛家的那辆墨绿色的福特车就停在门口。那位司机今天倒没有目露凶光。他看上去很疲惫，像是随时都有可能在驾驶席上睡过去。

一到葛府，我就直奔中式花园而去。

时间才刚过五点，天色却很阴沉，夕阳已经不见踪影了。一片黑紫色的云倒映在被晚风吹皱的池塘里，池边落了一地海棠花瓣。

亭子里除了葛令仪，汪小姐也在。葛令仪穿着圣德兰的制服，汪小姐则穿了件雪青色的旗袍，都是我第一次见到她们时的打扮。

石桌边放着三把藤椅，她们招呼我坐下。

"抱歉这么着急请刘小姐过来。"葛令仪面对我时仍显得很紧张，目光飘忽不定，声音也有些颤抖。"我在学校收到一封奇怪的信，不知该如何是好，这件事只能找你商量。"

说着，她拿起放在石桌上的一个信封，递到我手里。

信封上用蓝色墨水写着圣德兰女校的地址和"葛令仪收"，贴着邮票也盖上了邮戳，但没有寄信人的地址。那字迹看着工整而稚嫩，仿佛出自小学生的手笔。我打开信封，里面有张泛黄的机器连史纸。纸上的字迹与信封上的如出一辙：

葛令仪小姐钧鉴

那个被你称作堂姐的人，我知道她的真实面目。她不是你堂姐，也不是葛天锡的女儿。

她如今的身份地位，都是通过杀害一个无辜女孩而得来的。

若想了解详情，请于周二上午八点半，至古渡公园凉亭处。

"信是什么时候寄到学校的？"我问。

"听门房说，周日就寄到了。刘小姐，你怎么看？"

"我觉得很可疑。她若真打算把详情告诉你，大可以在信里说清楚，没必要请你过去一趟。"

"所以这是个陷阱？"

"也不太像。你是个学生，又是家教谨严的大小姐，不可能在周二上午去古渡公园赴约。"

"那对方究竟有什么目的呢？"

"可能是为了钓出某个与你亲近且有条件赴约的人。"

"比如说你？"

"我或者汪小姐。"我说，"当然还有另一种可能，就是对方根本没指望任何人赴约，自己也不会出现。写这封信，只是为了挑拨你和堂姐的关系。"

"挑拨我们做什么？"

"既然是直接寄到学校，那很有可能是圣德兰的人写的。说不定是你的哪个同学，嫉妒你跟堂姐的关系。你周围有什么人字写成这个样子吗？"

"有的话早就认出来了。"葛令仪说，"而且，圣德兰的学生可没有人字这么丑。"

"总之我可以替你去会一会这个人。"

这时，一直没作声的汪小姐开口了。"我倒是想到了第三种可能。这封信是刘小姐找人写的，为的就是再从我们手里赚一份工钱。"

"确实有这个可能。汪小姐若不放心交给我，不妨自己去一趟。"

"我今晚要陪官太太们打牌，明天不想早起。这件事还是交给你办吧。"说着，她不知从哪里摸出三张票子，递了过来。又在石桌上放了一把车钥匙。"这是老七的车，刘小姐若不觉得晦气，可以先开着，等这件事调查清楚了再还回来。"

我拿起车钥匙。"有什么晦气的，他又不是在车里被人打死的。"

"那倒也是。"汪小姐一手捂着额头，满脸都是烦闷。"我早就知道会有人拿令淑小姐的身份做文章，只是没想到这么快。"

她显然不知道冯姨向报社寄照片的事情，我也没打算告诉她。此时若再向她邀功，怕是真的要被怀疑了。

"之后说不定还会有人找上门来,声称自己才是葛先生的亲女儿呢。"

"若真有人敢那么做,我可不会找刘小姐来处理。"汪小姐说,"而要直接请孙警官来帮忙了。"

事情谈妥,汪小姐说还要给官太太打个电话,就先离开了,教葛令仪送我去停车的草坪。

一路上葛令仪始终在我前面,默默地低着头走路。草坪上停着四辆车,我一眼就认出了那辆失去了主人的敞篷车。这时葛令仪忽然转过身来,眼睛不敢看向我,一手抓着衣角,故作镇定地问了一句:

"刘小姐,我昨天是不是吓到你了?"

"'吓到'还谈不上,确实让我吃了一惊,没想到你还挺大胆的。"我说,"不过这种事在你们学校应该挺常见的吧?"

"确实挺常见的。但我还是第一次。"

"是吗,你没有这么亲过你的令淑姐?"

"没有,真的没有。"她涨红了脸,不停地摇着头。"我怕她不喜欢。"

"你就不怕我不喜欢?"

"我当时没想那么多——都怪夕阳太美了。"

我坐进车里,向葛令仪道别。可能是因为阴天的缘故,这次她没再吻过来,只是目送着我驾车离开。

次日一早,我提前一个小时来到了公园附近。

古渡公园的全称是"古渡口遗址公园",相传古人都是从这里渡江的。两年前中央研究院曾组织过考古调查,弄得声势很大,卡萝还写了报道,结果竟什么也没挖到。那地方本就偏僻,再加上传说得不到证实,渐渐就很少有人去了。

我本打算像往常一样、先躲在暗处观察一会儿,却发现那里实在太荒凉,根本就没有什么暗处供我躲藏。无奈之下,我只好坐在凉亭里等对方出现。

八点一刻左右,一个女人出现在凉亭门口。她看上去二十来岁,剪了短发,穿着蓝布短衫和黑洋布的裤子,打扮得像个女工,却又瘦削得像个结核病人。或许是见我坐在凉亭里面,她迟迟不肯进来。我只好试探性地问了一句:

"你在这里约了人吗?"

她犹豫片刻之后点了点头。

"八点半?"我问。见她神色愈发警觉,我只好继续说道,"是葛小姐派我来的。她要上学,不方便来见你。"

"你是什么人?"

我递过去一张名片,她仔细看过之后收进了随身的粗布袋子里。

"你能保证把我说的话原原本本地转告给葛令仪小姐吗?"

"当然,我就是做这一行的。如果连这点事都做不好,早就已经失业了。"

"我就失业了。"说着,她在我身边坐下。"被工厂给开除了。"

"所以打算靠揭发另一位葛小姐来捞一笔?"

"你误会了,我寄那封信不是为了钱。我已经决定要离开省城了。赶在动身之前把这件事说出来,也只是想了却一桩心事。"

"你为什么说葛令淑不是葛天锡的女儿。"

"我也是在鸣鹤山的慈幼院长大的,所以知道。她不是萱萱,而是莉莉。"

"莉莉?"

这个名字我有印象，之前在慈幼院听葛令淑提起过。

"说起来都已经是七八年前的事情了。当时慈幼院里有两个女孩长得很像，年纪也差不多。大家都是通过发型来区分两个人的。一个叫萱萱，总是梳着两条垂在胸前的麻花辫；另一个叫莉莉，喜欢用红绳在脑后扎两条马尾。那个时候，修女不许我们去知恩堂后面的池塘边玩，但她俩从来不听。结果有一天，其中一个淹死在了池塘里。捞上来的尸体头上绑着两条红绳，所以大家都觉得是莉莉。活下来的那个梳了两条麻花辫子，自称是萱萱。我一开始也被骗了，可是继续跟她相处，我愈发觉得她才是莉莉……"

"你的意思是？"

"我猜，莉莉是把红绳系在了萱萱头上，将她推进池塘里淹死。又给自己编了萱萱常梳的麻花辫，自那以后她就成了萱萱。"

"只有你发现不对劲？"

"她们两个不怎么合群，很少和其他女孩一起玩。大家都是靠发型来分辨她们的。我和她们住同一间屋，又是室长，接触得更多一些，所以能注意到。那天之后，不论是行为举止还是说话方式，萱萱都像是变了一个人。"

"她或许只是受到了刺激。"

"而且，莉莉是在江边长到六七岁才被送到慈幼院，听说父母生前都是打鱼的，所以她水性很好。我没记错的话，萱萱是在上海长大的，是个彻头彻尾的城里人，应该不会游泳。她们中若要淹死一个，也应该是萱萱而不是莉莉。"

"那你觉得这位莉莉为什么要害死萱萱、还要处心积虑地取代她呢？"

"因为嫉妒吧，我猜。萱萱在城里长大，见过世面。来的时候还带着一个木匣子，里面有很多漂亮的首饰。其他孤儿可没见过这种东西。而且我还听说，送萱萱来的人也很有钱，是开着汽车到慈幼院的。至于莉莉，她本就出身不好，亲戚不是死了就是穷得生不如死，没有被收养的希望，到头来怕是也只能跟我一样做个女工。"

"你当时没有揭穿她？"

"没有，我不敢。她对那么亲近的朋友都下得去手，我很怕她。"

"为什么时隔多年还要提起这件事？"

"我看了《江左日报》的报道，才知道她这个冒牌货竟然摇身一变，成了本地首富的女儿，还随随便便就能捐出两万元钱来。我实在咽不下这口气，也替死去的萱萱感到不值——明明这一切应该是属于她的，却全都被莉莉给夺走了。"

说完她便低下头去，沉默了很久，似乎已经没什么话想对我讲了。

"你方便留个联络的地址吗？顺便，也告诉我你的名字。"

我问她，又从包里取出便笺本和自来水笔，递了过去。她没有拒绝，写下了地址和名字。她的字迹和信上的一样工整而稚嫩。地址写的是旧租界靠近江边的一幢公寓。那附近都是老房子，离工厂区也近，几个女工合租一间大约能负担得起。

名字则是谢珍。

我原本打算在她离开公园之后跟踪一段时间，看看她背后是不是受了谁的指使。然而她却仍坐在凉亭里，又从粗布袋子里取出一本书来，恐怕是准备在此打发一整日的时光。那是本阿尔志跋绥夫的《工人绥惠略夫》，破旧得不成样子，倒是符合她无产者的身份。

我向她道别，她没有理会我，只是埋头读书。

如果我这个时候立刻联系葛府，故事或许会迎来截然不同的结局。但我考虑到葛令仪应该还在学校，就想着晚些时候再打电话。

于是我发动汽车，向着鸣鹤山驶去。

26

到达慈幼院时,孤儿们正在知恩堂前的空地上做体操。一个身穿蓝色中山装的教师像训狗一样、用嘴里的哨子指挥着他们。我把车停在稍远处,从一旁绕行到知恩堂的正门口。孤儿们纷纷停下动作,看向我这边。气得那位教师连吹了好几声哨子,才又把目光吸引了过去。

我只认识大食堂和图书室,于是直奔图书室而去。

敲门之后,我直接推门走了进去,一眼就看到了之前在走廊里遇见过的那位修女。她坐在离门最近的桌子边,正读着一本精装的英文书。见我进门,她合上书,又将双手握起、放在封面上,正好挡住了标题。

然而作者名依然暴露在外。我稍稍走近一些,就看清了那个闪着金光的名字,分明是 D.H.Lawrence——似乎,她也并不像表面看起来那般不食人间烟火。

"请问,慈幼院的档案都放在什么地方?"

"教师和修女的档案在院长手里。学生的就放在这边。"

我递过去一张名片。"我有些事情想调查一下,能不能看看学生的档案?"

"我记得上次葛令淑小姐来捐款,就是你陪着她一起过来的。"她收下了我的名片,或许是觉得能用作书签。"你还在替葛家做事？"

"还在。不过是受雇于另一位葛小姐。"

"原则上档案是不能给外人看的。"

"不能通融一下？"说着，我摸出一张零钱。

"你真有趣，竟然想用钱收买修女。我又没什么能花钱的地方。"

"那我可以替你保密，不告诉院长你明明是个修女，却在读劳伦斯的小说。"

"院长又不知道他是谁。"她冷笑一声，继续说道，"不过我愿意帮你。我还没遇到过知道劳伦斯、也知道修女不该读劳伦斯的人。你是第一个。"

她起身走向西洋式的书柜，打开玻璃柜门，把那本英文小说放了回去，又从最下层抽出一册大开本的书，抱在手里，然后用肩膀带上了柜门。

"其他档案怕是不能给你看，但这本名簿应该没关系。"

说着，她把名簿放在桌上。我看着茶褐色的封面，总觉得似曾相识。她像是察觉到了我的心思，开口说道：

"葛小姐来捐款的那天，也说想看看孩子们的名簿。"

我这才想起，当时葛令淑在《圣经》下面还放了一册书，正是这本名簿。

"当时是你拿给她的？"

"是我。后来我就去吃午饭了，还在走廊遇到了你。"她说，"这是最新的一本名簿，最近二十年送到这里来的孤儿都登记在里面。"

"冒昧地问一句，这里面有你吗？"

"有个叫 Clare 的就是我。"

翻开名簿，每张纸上只有正面有字，写着每个孤儿的中文名、英文名、出生日期、入院日期、离院日期和去向，最下面还有个巨大的备注框。不过翻看下来，几乎每一页都有几栏空着，很少有哪个孤儿的信息是完整的。

我先找到了坐在我对面的Clare。她那一页上面中文名就空着，出生日期只写了民国三年八月，没写具体日子。入院是在民国十一年六月二十一日，离院则是在民国十八年三月五日，去向是师范专科。

我继续往后翻，找到了葛令淑的那页。她的中文名只写了个"萱"字，英文名则是Cynthia。按照这份记录，她出生于民国六年十一月，不知是新历还是旧历，具体日期不详。她被送来是在民国十五年五月十日，离开则是在民国十七年九月一日。去向一栏写的是"由岑仲闻夫妇收养"。

这一页的备注框里也写了两行字：

母死，父无音信。
携来一花梨木妆奁，系母遗物。

我还看到了罗朗声和阿柱。阿柱的中文名那栏是空着的，似乎这里并不认可孤儿给自己取的名字。

还有一个英文名叫Jennie的孤儿，也没有中文名字，生于民国四年，出生后没多久就被送了过来，十六岁时离开了慈幼院，去向是济和纱厂，极有可能就是写匿名信的那个女工。

然而，我将那本名簿反复翻了几遍，都没有找到葛令淑和那个女工口中的莉莉。

有几页记录里，离院日期一栏是空白的，而去向一栏写着

"死亡",似乎意味着是在慈幼院内夭折了。然而这里面却没有一页符合她们对莉莉的描述。

"七八年前是不是有个女孩溺死在池塘里了?"我问。

"好像是有这么回事。你要调查的就是这个?"

"算是吧。"

"稍等。"她又走向书柜,这次拿来了一本黑色封面的书,打开之后,里面贴满了与慈幼院相关的新闻报道的剪报。很快,她就找到了一篇小豆腐块般的短文,看版式应该是《江左日报》。

文章只有寥寥数行,但提到了女孩的名字:

> 昨日,一八岁女童于鸣鹤山慈幼院内一池塘中溺死,系玩耍时不慎滑落所致。据悉溺死者人称莉莉,父母双亡,两年前由亲戚送入慈幼院。院方称将加强安全教育,以免悲剧重演。

"看来确有其事。"她说,"我没记错的话,那个女孩英文名是 Lillian,所以大家都叫她莉莉。"

"你还记得什么?"

"我只记得那个女孩挺孤僻的,没跟我说过话。"

"现在慈幼院里有什么可能认识她的人吗?"

"七八年前在院里的孤儿,年纪大些的都已经毕业离院了。年纪小的怕是也不会记得什么。"

"教师或修女呢?"

"那是北伐胜利之前的事情了。国民政府接管这里之后,把原来的教师都辞退了,另换了一批。以前这里的修女基本都是外国人,大多在回收租界的时候离开了省城。"

"院长也换过了？"

"当然。原来的院长也是位修女。至于现在这位，你看他的做派也知道，他根本就不信神——大概也不信三民主义。"

"那个女孩的资料应该就在这本名簿里吧？"

"七八年前她八岁的话，肯定是在这本里面。"

"但我翻了一遍没有找到。"

"是吗，我来帮你找找看。"

她从我手里接过名簿，一页页飞速地翻看着。终于，在翻到中间的某一页时停了下来。她的目光并没有落在写了字的那页纸，当然也不是在看空白的那半边，而是死死盯着两张纸之间的缝隙。

那里留有一排锯齿形的碎纸。似乎原本有一张纸，却被撕去了。

"恐怕这就是你要找的'莉莉'。"

"会是被谁给撕掉的？"

"最近碰过这本名簿的除了你我，就只有葛小姐了。不如你去问问她？"

"你对还在慈幼院时的葛小姐有印象吗？"

"没太多印象。她也不怎么爱跟人说话。而且她只在这里住了两年。"她说，"不过她被领养的那天我还记得。是她养母开着汽车把她领走的。当时我们很少能见到外面来的汽车，更没见过会开车的女人。"

"葛小姐跟死去的莉莉关系如何？"

"我不清楚。两个性格孤僻的女孩，要么很合得来，要么老死不相往来。"

"她们长得像吗？"

"可能是有点像,我不记得了。不过女孩子长开之前,不就那么几种长相吗。她们又都是这一带出身的,长得像一点也很正常。"

"最后一个问题,慈幼院里有地方能打电话吗?"

"只有院长室装了电话。但我不想带你过去。二层西侧的走廊是办公区,你一眼就能看出哪间是院长室。"

我向她道谢,离开了图书室。此时孤儿们已经做完了体操,正纷纷涌向教室。我逆着人流,找到了去二层的楼梯。穿过走廊,来到办公区,我在一众漆成土黄色的木门中间,一眼就看到了一扇墨绿色的。

不知这里面有什么风水学上的考量,我只知道那里一定就是院长室了。

我敲了敲门,里面传来一个不耐烦的声音,让我"进来"。然而看到是我,坐在酒红色办公桌后面的院长马上就换了一副嘴脸,不但站了起来,甚至还上前几步来迎接。他今天也穿了一身蓝绸长衫,只是胸前没有挂上十字架。

"您大驾光临,有什么需要我们帮忙的?"

"我来这里帮葛小姐查一些东西。"

"这样啊,"他弯起腰,缩着头,双手不断摩挲,脸上堆着令人作呕的假笑。"葛小姐拜托您查什么?"

"我已经查好了。来您的办公室,只是想借电话一用。"

"需要我回避吗?"

"不用。只是简单说两句。具体的事情等我回去再向她报告。"

"您请。"

我走到墙边,拿起挂在上面的听筒,拨打了葛府的电话。还没接通时，我忽然有些后悔。这个时间葛令仪肯定不在，汪小姐昨晚去打牌了，八成还在休息。到头来接电话的只会是个女佣，我也只能告诉她说自己晚些时候会去登门拜访。

然而，出乎我意料的是，电话那头传来了葛令仪的声音。

"刘小姐？我们一直在找你。家里出事了。"隔着听筒，我也能感受到她的焦急。"你在什么地方，方不方便现在过来一趟？"

"我在鸣鹤山这边，过去要花点时间。发生什么事了？"

"大伯病倒了。令淑姐早上出门之后就再没回来——还拿走了家里的钱。"

27

女佣把我领进葛府的会客室,自己匆匆跑上了楼。没过多久,身穿圣德兰制服的葛令仪就出现在了楼梯口。她往下走了几级,对我说了句:

"刘小姐跟我上楼一趟吧。"

我跟着她来到二层,穿过一段贴着灰蓝色壁纸的走廊,来到一片露台。在那里,她向我讲起了事情的经过。

"我和令淑姐最近都是坐一辆车上学。今天早上到了该出门的时间,我发现令淑姐不见了。去问门房,那边说她更早一点的时候一个人出了门,说是想在附近散散步,门房也不便阻拦,就放她出去了。门房还说她没穿学校的制服,而是穿了条黑色的连衣裙,还拎着个黑色的包。我起初以为她只是在附近迷了路,就派了几个用人去找。结果派出去的人还没回来,有个正打扫走廊的女佣跑过来报告说,放现款的抽屉上插着一把钥匙。我过去打开一看,竟缺了不少钱。"

"可以确定是你堂姐拿走了钱?"

"插在抽屉上的钥匙是令淑姐的。"她说,"那个抽屉平时都锁着,钥匙只有大伯、汪小姐、家母、我和令淑姐才有。在那里放上现款,也是怕家里人忽然有急用。一下子少了这么多钱还是头一遭。"

"能带我去看看那个抽屉吗?"

"可以,不过我们得轻一点。大伯病倒了,正在房间里休息。"

"他是在那之后病倒的?"

葛令仪点了点头。"是在听说令淑姐离家出走之后。医生来看过了,说是心脏的老毛病发作,静养几天就能好,应该没什么大碍。只是最近不能再受刺激。现在汪小姐正在照顾大伯。"

她领着我来到一个摆在走廊另一端的柜子前面。那个柜子漆成了咖啡色,有一人多高,上下各有一个能打开的门,中间则是几个带钥匙孔的抽屉。

葛令仪打开最上面的抽屉给我看,里面放着各种面值的零钱,加起来至少有两百元。另外还有几张百元大钞,整齐地堆在一边。

"她大概拿走了多少钱呢?"

"已经清点过了,四百七十二元。"

"这么确切?"

"汪小姐会定期往里面补款,谁拿了钱也会跟她知会一声,所以知道数目。"

"我看这里还有几张百元的票子,她为什么不一起拿走,反倒凑了这么个有零有整的数字?"

"是啊,为什么呢。她还是那么让人捉摸不透。"

"我能再去她的房间看看吗?那里说不定能找到些线索。"

"我带你去。"

葛令淑的房间不大,贴着淡粉色的墙纸,床单也是淡粉色的,墙边摆着个香槟色的衣柜。还有一套暗红色的桌椅,明显是新添的,挤在房间一角,与周围格格不入。桌面上空荡荡的,床单平整得仿佛熨烫过一般，被子也叠得很整齐。除了散落在木地板上的几根头发，屋里看不出什么生活的痕迹。

我打开衣柜，挂在里面的衣服不多，恐怕大多是问葛令仪或汪小姐借来的。圣德兰的制服也在其中，还有她去慈幼院时穿过的丁香色短袄。除了上学用的皮书包，柜子里还有两个手提包，一个是白色的，另一个是茶褐色的。

我先打开了白色的包，里面有个信封，上面印有"江左日报"字样。信封里装着一组照片，都是卡萝在慈幼院拍的。另外那个茶褐色的包是她捐款那天随身带着的。我在里面发现了一块蓝色手帕、一支自来水笔，还有一个纸团。

摊开纸团，正是那张记录着莉莉的信息的纸。

"这是什么？"一旁的葛令仪凑过来看。"Lillian是谁？令淑姐的包里为什么会有这种东西？"

"这张纸是你堂姐从慈幼院的名簿上撕下来的。"

"她为什么要这么做？"

"我不知道。不如我把事情的来龙去脉跟你说一遍，你自己来判断吧。"我说，"早上我去见了给你写匿名信的人，她自称是在慈幼院长大的，认识你堂姐，也认识这个莉莉。她说现在的葛令淑其实是这个叫莉莉的女孩，而真正的葛令淑八年前就淹死在池塘里了。她们长得很像，又互换了发型，所以大家都以为死掉的才是莉莉……"

"你是说，我认识的令淑姐其实不是我堂姐，而是一个跟大伯完全没有血缘关系的孤儿？"

"我没这么说，是写匿名信的人说的。后来我又去了一趟慈幼院，查看了孤儿的名簿，结果唯独少了关于莉莉的记录——就是现在我手里的这一页。"

"她撕掉这一页,是为了销毁自己是冒牌货的证据?"

"现在下结论还太早,不如把她找回来问个清楚。"

"刘小姐打算去哪里找?"

"我想先去码头和车站那边打听打听。她拿走了这么多钱,八成是准备离开省城。"

我从印着"江左日报"字样的信封里,选了一张葛令淑的单人照,带在身上。葛令仪跟着下了楼,将我送到了会客室门口。

临走我特地叮嘱她说,刚刚我告诉她的话先不要说给别人听,特别是不要让她大伯知道。

她不耐烦地点了点头,嘟囔了一句"这我当然明白",就好像我又多嘴了。

我开着敞篷车一路疾驰到客运码头,拿着葛令淑的照片向检票的人打听,又在附近问了一圈,毫无结果。之后又去了趟火车站,同样一无所获。我也去了圣德兰,她自然不会在那里。我还给慈幼院也打了个电话,那边也说没见她出现。

转了一大圈再回到葛府,已是傍晚,我得知了葛天锡的死讯。

次日的《江左日报》刊登了讣告,说他是在前一天正午时分去世的。那差不多是我离开葛府的时间,可能还要稍晚一些。

我只希望不是自己带去的消息害死了他。

28

五月中旬的某个午后,葛令仪再次来到我的侦探社。当时我还像往常一样站在窗边吸烟,门也没上锁。她穿了件近乎纯黑的短斗篷、一条黑纱连衣裙,头戴一顶小巧的黑色礼帽,又佩了个橄榄型的煤精胸针。

她缓缓走向办公桌,从黑色皮包里取出一个快被撑破的信封,随手丢在桌面上。

"刘小姐,这里面是两千元钱,希望你能收下。"

"之前雇我调查的钱不是已经付过了吗?"

"这是谢礼,同时我也希望能继续雇你做事。"

"我不记得自己做了什么值得被你感谢的事情。"

"你查到了真相。"

"那真相害死了你大伯。"

"刘小姐是不是以为,是我把你的调查结果说给大伯听了,他才会那么快就病发身亡?"

"我只是想知道有没有这么一回事。"

"就算是这样,你也不必自责,要怪也应该怪那个冒牌货。"

"你大伯这辈子坏事做绝,最后遭了报应,我当然不会为此自责。但这总归不是什么值得感谢的事情吧。"我把香烟按在烟灰缸里掐灭,又看了一眼那个装满钱的信封。"尤其不值得你拿两千元钱来感谢我。"

"我还想继续雇你,请帮我找到那个冒牌货。"

"找到之后你打算怎么处置她?"

"怎么处置她,那是法官该考虑的事情。"

"葛小姐,我劝你一句,这件事还是就此收手为好。"

"为什么要收手?"葛令仪没好气地说,"如今回想起来,她从一开始接近我怕是就没安好心,后来所谓的绑架案应该也是她一手策划的。她现在应该正跟同伙一起,拿着从葛家骗去的五万元钱逍遥快活。你让我怎么咽下这口气?"

"你说的这些都没有任何证据能证明。就连她是冒牌货这一点,也没有什么确凿的证据。现在你能起诉她的,就只有偷走四百七十二元钱这一件事。但如果法官认定她是你大伯的亲生女儿,你将失去更多东西。"

"你觉得我买通不了法官?"

"还有报纸。"

"对,还有报纸。"

"那我也没什么好说的了。"我抓起装满钱的信封,塞进她冰凉的手里。"拿回去吧,葛小姐,用这笔钱去另请高明。"

她叹了口气,把钱收进包里。

"刘小姐,我知道你讨厌现在的我,但可不可以不要这么露骨?"那一瞬间她仿佛变回了以前的葛令仪。

"我不讨厌你。你只是做了最符合自身利益的选择,然后得到了所有自己想要的东西。"

"并不是所有。"

"也许不是吧,毕竟凡事都有代价。"

"我们就不能像以前那样吗?"她低下头问我,"就像我第一次走进这间侦探社的时候。我出钱雇你,你爽快地答应……"

"其他的事情或许可以。但我不想两次受雇于你,都是去寻找同一个人。第一次,你把她当朋友,担心她在外面遭遇不测;第二次,你把她当仇敌,一心想把她送去监狱——乃至刑场。这样的工作,对于一个私家侦探来说未免太残酷了些。"

"如果我派汪小姐来雇你,你会答应吗?"

"也许会吧。"我说,"但我敢肯定,她也会劝你就此收手。"

"她的确是这么劝我的。她甚至劝我再也不要跟你见面。"

"那她还挺聪明的,你应该多听汪小姐的话。"

"我还能再来你这里吗?以后,为了其他什么事情……"

葛令仪抬起头来,用婆娑的泪眼看着我,像是在祈求一个肯定的答案。我也只好如实告诉她说:

"当然可以,我这里欢迎所有能雇得起我的人。"

她用手背抹了抹眼泪,露出了一个符合她的年纪、却不符合她的财富的笑容。

也许等她回到葛府、坐在洛可可风的沙发上时,再回想起我们刚刚的对话,会气得捶胸顿足,觉得自己受尽了屈辱,乃至要将我列入暗杀名单。但至少在这一刻,她的笑容里没有丝毫的虚假与矫饰。

我也很清楚,她不会再来我这里了。永远不会。

送走葛令仪,我在椅子上坐下,又点起一支烟,只抽了几口就掐灭了。有些话我本想向她问清楚,可是真见了面却没能说出口。

假如,那封匿名信本就是葛令仪的自导自演,那个女工打扮的人也是葛令仪雇来的,一切似乎也说得通。她可以诱骗葛令淑在那个早上出门,并安排人将其绑走。她也有机会拿走那四百七十二元钱。至于手提包里的那个纸团,也可以是葛令仪先买通慈幼院的人,从名簿上撕下了那一页,然后再放进葛令淑的包里的……

葛令仪有机会做到这一切,但我没法相信她会做出这种事来。她很聪明,但不是搞阴谋暗算的那种聪明;她也不是不能狠下心来,但未必能做到如此绝情。

算了吧。一切都结束了,就像一出蹩脚的闹剧终于落下帷幕。

恶贯满盈的葛天锡死了,他那楚楚可怜的侄女继承了财产,这是个皆大欢喜的结局。我却始终难以释怀,就好像全都是因为我的疏忽,才招致了这样的结果。

我从包里取出便笺本,找到写在最后一页上的名字和地址,是那个揭发葛令淑的女工留给我的。

这当然是个假地址,不用调查我也清楚。字条上提到的公寓楼怕是根本就不存在。即便有,里面也找不到一个名叫谢珍的人。就算能找到,那也肯定是另外一个毫不相干的人,她只是借用了人家的名字。

我不知道那位女工如今身在何处,但也不是完全没有线索。

假如她真的出身于鸣鹤山的慈幼院,而我在那本名簿上看到的Jennie就是她,那我至少知道她以前在哪里讨生活。若向她的前同事打听,说不定能问出她现在的下落。

带着一线希望,我从抽屉里取出葛令仪的名片,放进包里,离开侦探社,又将停在楼道里的自行车搬到外面,骑向远在江边的济和纱厂。

29

　　骑车去济和纱厂并不是件轻松的事。越靠近江边,道路就越是坑洼泥泞。如果我骑的是辆老旧的自行车,说不定半路就散了架。

　　想到这里,不免有些同情那些每天走路上下班的工人。

　　纱厂有两扇对开的铁门,漆成阴惨的黑色,上面排布着锋利的尖刺。此时铁门被一道锈迹斑斑的金属链子锁了起来,只在旁边开了一扇小门供人出入。

　　门卫并没有阻拦我,只是让我登记了名字。似乎他的主要工作是看住里面的女工、不让她们在上班时间逃走。我在七八座红砖垒成的建筑里面,立刻就辨认出了哪间是办公楼——屋顶太高或噪音太大的一定是车间,窗户外面挂着衣服的一定是宿舍,于是就只剩下了两座,然后再排除立着个小烟囱的食堂。

　　我走进办公楼,找到管人事的经理。

　　经理四十岁上下,一看就是个很务实的人,眼睛、嘴和鼻孔一类有实用价值的器官都生得很大,头发、眉毛、胡子一类没用的就能省则省。他有些驼背,又穿了件灰黑色条纹的西装,看起来就像只尚未过油的河虾。

　　"您是哪位,有何贵干?"他问我。

　　我将自己的名片递给他,回答了第一个问题。又把葛令仪的名片拿到他面前晃了晃，如此一来，第二个问题我就可以随便回答了。

"原来是葛小姐派来的贵客，失敬失敬。"

"我想找你们这里的一个女工，大概二十来岁，应该是三四年前到济和纱厂的，最近刚被开除。"

"她都被开除了，还来我们这里找啊。"

"我想知道她叫什么，顺便向她同事打听一下她的去向。"

"上个月闹罢工，开除了不少人，只有这点信息我可帮不了您。"

"她是鸣鹤山的慈幼院出身的。"

"那我大概知道是谁了。"

说着，他打开抽屉，取出厚厚一沓名单，上面密密麻麻地写着女工们的姓名、住址和籍贯。其中有些名字用红笔划去了，也有些用的是蓝笔，我不清楚这里面有什么区别。

"就是这个人吧，詹宁音。她是慈幼院出身的，三年前到厂里，上个月刚被开除。"

那个名字已经用红笔划掉了，籍贯一栏只写了个"慈"字。

"你知道她的去向吗？"

"不知道。我只知道哪家工厂若是雇了她，可是要倒大霉的。"

"怎么说？"

"这位可不是什么省油的主儿，一直鼓动别的女工读夜校，罢工的时候也特别积极，说不定是个赤色分子呢。"

"她在这里跟谁关系比较好？"

"她和谁关系好，我怎么会知道。她以前在细纱车间干活儿，我记得那边还有个女工是慈幼院出身的，你不如去问问她吧。"

"那个女工叫什么名字？"

"等我查一下。"他拿起名单，又往后翻了几页。"她叫王水南，年初才到我们厂来。前一段时间也参加了罢工，我们念在她年纪小不懂事，没有开除她。最近她倒是老实多了。"

"谢谢，我去会一会这个小姑娘。"

他打开抽屉，将名单放了回去，又从里面取出一张自己的名片交给我。

"你到了车间，直接找工头。给她看看这个，她会帮你的。"

"你的名片比葛令仪的还管用？"

"我们选工头，专挑那种认识几个字但从不读书看报的。她还真不一定知道这家纱厂最近换了主人。"

细纱车间里闷热得像个蒸笼，机器的轰鸣声震得人耳朵快要出血了，棉絮飞得到处都是。我不知道那些机器的用途，只是看到上面插着数不清的小纱锭，棉线在纱锭上高速旋转着。女工们就站在两排机器中间的过道里，两边都要照顾，不得不奔走个不停。

找到工头并不难，她戴着鲜红的臂章，脖子上还挂着个哨子，游走于车间宛如闲庭信步。真正困难的是在嘈杂的车间里让她听清我的话。给她看过经理的名片之后，她在我耳边大喊了声"你有什么事"，我也像她一样大喊说要找人，她却始终听不清。最后她不得不把我带到车间门口，在那里才听清了我的话。

我们找到王水南时，她正在将纱锭上一根断掉的棉线接好。只见她动作熟练地把棉线绕在食指上，拇指轻轻一捻就系成了一个死结，然后取出剪刀剪去线头，整个动作一气呵成，只用了不到十秒钟。

工头在她背后吹了声哨子，王水南连忙转过身来。

她有一张扁而圆的脸，眉眼都很像月牙儿，看上去稚气未脱，最多不过十六岁。她在蓝布短衫外面套了条工作用的围裙，上面印着个白色的"十五"。围裙上还缝了个小口袋，刚刚她用过的剪刀就放在口袋里。

"有人找你，破例让你休息一会儿。"工头在她耳边吼道。

王水南只是点了点头，跟着我离开了车间。来到院子里，她深呼吸了好几次，抖了抖沾满棉絮的围裙，又捋了捋被汗水打湿的头发。

"我是个私家侦探，想向你打听一个人。你知不知道詹宁音的去向？"

"我知不知道是一回事，愿不愿意告诉你就是另一回事了。"她一脸不耐烦地说，眼睛也不怎么看我。

"这里有没有什么能坐下来说话的地方？比如说食堂之类的。"

"食堂又不对我们工人开放，我们平时都是自己带饭。"她说，"你还真是小资产阶级做派，只是说几句话，就非得找个地方坐下来才行。"

"我也是付出了不少努力才跻身小资产阶级的。"

"是吗，你以前是什么阶级的？"

"硬要说的话，算是大官僚、大地主的女儿。"

"那你还进步了。"

"我若再进步些，是不是就能变成像你一样的无产者了？"

"你看不起我们工人吗？"

"那倒没有，我尊重所有自食其力的人。我只是不觉得进步就得受穷。若有人这么主张，我一定会祝他进步一辈子。"

我们走了几步，来到厂房投下的阴影里。这个季节阳光不算毒辣，但她刚从闷热的车间里出来，自然是乐得清凉。我也因为一路骑车过来而颇感燥热。

"抱歉打扰了你的工作。"我见她心情不好，就一狠心摸出两张一元钱的票子。"作为补偿，请你收下这个。"

"我有工作，不需要你的施舍。"

"这不是施舍，只是交易罢了。我出钱，你提供情报。"

"我可不想跟你这种资本家的走狗做交易。"她说，"你若真是个探子，不如先帮我一个忙。上个月大罢工的时候，有个姐妹被军警抓走之后就没了音信，你能帮我打听到她的下落吗？"

"找人我还挺擅长的。她叫什么名字？"

"黄玉英。"

她见我迟迟没有应声，又重复了一遍这个名字。

"她被捕的时候是不是穿着青莲色的上衣和黑色裤子？"

"玉英姐确实喜欢这样打扮。被抓走的那天……我不确定。"

"那她是不是出身还挺好的，其实是个有钱人家的小姐？"

王水南犹豫了一下，回答了一声"对"。

"四月中旬的时候，我也因为一些事情被抓进了局子，在里面待了一夜。当时跟我关在一起的就是黄玉英。南京来的人对她动了刑。她伤得很重，在我面前断了气。"

听到这里，王水南瞪大了眼睛，呼吸声也变得沉重，不停摇着头。她的门牙咬住嘴唇，很用力，几乎要咬出血来了。

"临死的时候她说了一个名字。其实我也不确定那是不是个名字。"

"她说了什么？"

"严志雄。"

那一瞬间，她的鼻翼抽动了一下，瞳孔明显放大，又慢慢收

229

缩回原状，嘴里嘟囔着"怎么会是他"。这时我也明白了过来。我的这句话或许会断送一个人的性命，尽管他极有可能是罪有应得。

她花了半分钟来平复心情，然后开口道：

"我并没有完全相信你说的话，但我可以转告宁音姐你在找她。至于她愿不愿意联系你，我也没法保证。"

"这就足够了，谢谢你帮忙。"

三天后的夜里，我在侦探社接到了詹宁音打来的电话。

铃声响起时，已经过了十一点钟。我在外面奔波了一天，寻找一串失窃的钻石项链，当时正打算回里屋休息。我刚刚从书架上取下一本沙多勃易盎①的《少女之誓》，准备带到床上看。

那是个雨夜，窗外和电话里都能听到淅淅沥沥的雨声。

"刘小姐，水南让我有空的时候联系你一下。你是想问葛令淑的事情吧？"

"我想知道你在古渡公园里说的那番话，是不是有人教你那么说的？"

"是说葛令淑其实是冒牌货的那番说辞吗？确实有人教我这么讲。"

"写匿名信也是受人指使？"

"没错。"

"能告诉我是谁吗？"

"是葛小姐。"

"哪一位葛小姐？"

"抱歉，我都忘了有两位葛小姐，应该说得更明白些才对。"

---

①今多译为"夏多布里昂"，法国作家。

她说,"是葛令淑——我们那个时候都叫她萱萱。"

"她不是莉莉,也没有害死朋友、窃取其身份,对吗?"

"应该没有。萱萱和莉莉长得并不是很像,至少没有像到能让人弄混的程度。"

"为什么要替她扯这个谎?"

"是她求我帮忙的。我们只是想把她发展成自己人。她一有钱,就想着去养育过自己的慈幼院捐款,说明良心未泯,对穷苦人也不无同情心,那就有拉拢过来的可能。所以我们设法联系上了她。"

"她说加入你们的条件就是替她扯这个谎?"

"差不多吧。她说想请我帮忙演一出戏,好让她尽快脱离买办家庭。"

"'脱离买办家庭'是她的原话吗?"

"是她的原话。"

"没想到她还挺熟悉你们那套术语的。"

"我跟你见面那天,也是我最后一次见到她。当时她给了我一笔钱,不多不少正好四百元,说是逃出来之前从葛家拿的。我原本不想收这种脏钱,但她说希望组织能把她送到上海避避风头。上下打点确实需要一些经费。我犹豫了一番,最后还是收下了。"

"你们把她送到上海了?"

"送到了,然后就再也联系不上她了。"

"我有点佩服这个小姑娘了,她连你们都敢利用。"

"我们也很佩服她。不过若再让我们碰见,还是要给她一点教训才是。"

"念在她以一己之力干掉了葛天锡这个买办头子的分上,下手别太重。"

"她又没让我们遭受什么损失，甚至还送来了一笔经费，就算要教训也只是口头批评一下，不会动手的。我就是觉得很可惜。她如此细心，又如此大胆，如果能真心加入我们，一定是个人才。"

"那你们是怎么处理严志雄的？"

"对于这种人，那自然是该怎么处理就怎么处理。"她轻描淡写地说，"革命斗争是很残酷的。"

"都怪我多嘴。"

"我们早就怀疑过他。只是可怜了玉英，因为这种人的出卖而送了命。"

"你跟我讲了这么多，就不担心我把你们的事情说出去吗？"

"一点也不担心。刘小姐，我们已经观察你一段时间了，很了解你。你永远不会加入我们，因为你什么都不信；你也永远不会与我们为敌，因为你没那个胆量。"

"那你们真是太了解我了。"

"你还有什么想问的吗？"

"没有了。"我说，"祝你们早日消灭万恶的资本主义。"

她噗嗤一声笑了出来，只说了句"借你吉言"就挂断了电话。

30

两年后，为了寻找离家出走的殷小姐，我去了趟上海。

按照我这些年的经验，跑去南京的人大多能顺利找回，但如果顺着线索一路追到上海，那只怕是凶多吉少了。上海就像一座敞开着的坟墓，深不见底，却用光怪的霓虹灯将人吸引过来，再一口吞下，咀嚼得连骨头也不剩。结果，让雇主报销了一大笔路费之后，带回去的往往是坏消息。

我在火车上一直暗自祈祷着，希望殷小姐能平安无事。

据我调查，殷小姐交际舞跳得很不错。她还跟同学说起过，自己若离家出走，打算靠跳舞来维生。

一下火车，我接连走访了几家近期招募过新人的舞厅。每次都是同样的流程：先在酒桌那边挑几个面相友善的客人打听，然后问侍者，最后再想办法混进舞女们的化妆间。从去年起，我用来贿赂的零钱已从银圆券换成了法币。

我一路打听，没有任何收获，来到璇梦宫时已是深夜。

璇梦宫近期并没有刊登招人的广告。只是它正好开在另一家舞厅对面，我从那边出来，就打算也到这边碰碰运气。走进里面才发现，这家店比我想象中要萧条。舞池那边早就已经散了场，只有几个服务生围坐在桌边，偷喝着客人们剩下的洋酒。她们喝得正起劲，根本不愿理会我。

我找到化妆间，里面还亮着灯。门口没有人把守。

化妆间里空荡荡的。我一直往里走，终于在角落处见到一个坐在梳妆台前的舞女。镜中的她化着俗艳的浓妆，头发也烫成了最入时的款式。她身着一袭漆黑的连衣裙，只在胸口和肩膀处点缀着少许亮片，仿佛一件永远不会脱下的丧服。

我不是为她而来，也没想过这辈子还能再遇上她。不过，在他乡遇到一位老熟人，总该打声招呼。

"好久不见。"我走向她，直到镜子里同时映出我们两个人的脸。"我该叫你岑小姐还是葛小姐呢？"

"叫我雪莲就好。"

"这是你现在的名字？"

"我只有这个名字。"

那双透过镜子看向我的眼睛依然空洞如枯井，看来这两年的经历也不足以将其填满。

"雪莲姑娘，我受人之托，正在寻找一个离家出走的女孩。"我从包里取出一张照片给她看。"你见过这位殷小姐吗？"

"原来她姓殷。她一直说自己姓尹，虽然说了谎，倒还挺诚实的。"

"看来是见过。"

"你来迟了，她直到昨晚都还在这里。"

"她什么时候来的？"

"差不多一周之前。说是家里遭了难才逃来上海的，求我们老板给口饭吃。"

"她在这里跳舞？"

"跳舞。这位殷小姐一看就是有钱人家的女儿，让她去扫地岂不是屈才了。她确实舞跳得不错，人也长得漂亮，一开始还挺受欢迎的。只可惜到底是大小姐的脾气，昨晚遇上个喜欢揩油的客人，就跟人家吵了起来，还动了手，最后被我们老板连扇了几个耳光才消停。"

"也算是给她一个教训了。"

"这还没完。回到化妆间她就一直哭，哭得撕心裂肺。后来领班的蕙心姐安慰了她一番，才总算安静了下来。蕙心姐问她是不是真的没有别的出路，倘若还有，就别做这一行了。她这才告诉我们，自己其实是跟家里吵了架才逃出来的。还说早知道在外面也是受气，还不如回家受气舒服些。后来蕙心姐就领着她去找了老板，领了几天的工钱，正好够买回省城的票。我们几个又凑了几元钱给她。顺利的话，她应该已经回到家里了。"

"那我来上海岂不是白跑一趟。"

"确实是白跑一趟。不过我猜，只要殷小姐平安无事，她家里照样会付谢礼给你的。"

"但愿如此。"打听完殷小姐的事情，我本可以就这么转身离开，但我还是多嘴了。"不跟我说说两年前的事情吗？"

"事情你都知道了，还有什么好说的？"她说，"我是个冒牌货，真正的葛令淑早在八岁的时候就死了，是我把她推进池塘里害死的。"

"你这套说辞可骗不过我。"

"刘小姐为什么不相信？"

"我后来又联系到了那个揭发你的女工，她说关于莉莉的事情都是你让她那么讲的。"

"这又能说明什么呢？"

"说明是你在一步步诱导我，让我得出你是冒牌货的结论。如今再回想就会发现，所有线索都来得太容易了，就像是你存心提供给我的。去慈幼院捐款那天，你故意把我带到池塘边，就是为了跟我提起死去的莉莉。你让那个女工写匿名信，特地把见面的时间定在早上八点半，地点定在古渡公园。葛令仪要上学，无论如何不可能去赴约，而你知道代替她去的人一定是我。还有从慈幼院的名簿上撕下来的那张纸，你故意留在包里，就是为了被我发现。因为你知道，自己从葛家逃走之后，我一定会去调查你的私人物品。倘若你真想销毁证据，有的是机会把那张纸烧掉。"

"我为什么要让你觉得我不是葛天锡的女儿呢，这对我有什么好处吗？"

"我不知道。我无法理解你为什么要这么做，但你就是这么做了。你让我相信你是个冒牌货，还放着本来能继承的百万家产不要，而选择偷走区区四百元钱……"

"是四百七十二元钱。"

"抱歉，时间太久，我不记得具体数目了。"我说，"现在能不能告诉我，你为什么要演这么一出戏？"

"好吧，我告诉你。反正除了你之外，也没人关心这些事情了。"

她停顿了片刻，像是不知该从哪里说起。

"葛天锡确实是我父亲，也是他害死了我母亲。母亲在上海做过舞女，正当红的时候嫁给了他，又生下了我。但他却很快就抛下了我们，听说是去了北方。那几年里，母亲每天都盼着他回来。"

"后来呢？"

"后来还真让她给盼回来了。我那个时候已经八岁了，很多事情都记得清清楚楚。当时也是春天，傍晚有人敲门，母亲像是认识那敲门声，脸上的表情又惊又喜。她跑去开门，很快就领着一个男人进了屋。那人穿了件破旧的长衫，灰头土脸的，一进门就瘫坐在椅子上。我在照片上见过那张脸。母亲让我喊'爸爸'，我起初很抵触，最后还是叫了。他说自己这一路上就没怎么正经吃过饭，母亲先找了几块点心给他充饥，后来又做了一大桌菜，还打了酒。几杯酒下肚，他忽然就哭了起来，开始抱怨这几年在外面讨生活的不易，还说以后想留在这里、跟我们母女一起好好过日子，问母亲愿不愿意。母亲当然愿意，安排他住了下来。结果又一次被他给骗了。"

"他又走了？"

"走了。第二天早上就没了踪影，还偷光了母亲的全部积蓄。这下母亲彻底没了活下去的希望。寻死之前，还打算把我也带上。她掐住我的脖子，掐了很久，我就这么昏了过去。不知是母亲忽然心软了，还是误以为我已经断了气，我活了下来。一睁开眼，就看见母亲挂在房梁上……真奇怪，换做别人，讲到这种事情一定会哭出来才对，我却一滴眼泪也流不出。"

"哭不出来也没必要勉强。"

"母亲做舞女的时候攒下了一笔钱，足足有五百元。后来她靠替人做针线活为生，时常入不敷出，几年间用掉了一些积蓄，被那个男人偷走的时候，还剩下四百七十二元——母亲有记账的习惯，所以我知道确切的数字。"

"你从葛府拿走的钱，也是这个数目。"

"就当是最后再给那个男人一次机会。如果他记得从母亲那里拿了多少钱，也就不会怀疑我的身份，只会觉得我虽然是他女儿，却恨着他。但他显然不会记得。像他这种人，对于别人从他手里拿走的，每分钱都记得清清楚楚；至于自己从别人那里夺走了什么，只觉得是天经地义，自然不会记得。"

"你做这一切都是为了报复?"

"刘小姐这么博学,一定知道俄耳甫斯的故事吧。"她说,"俄耳甫斯去冥界带回妻子欧律狄刻,眼看着就要成功了,却因为自己回头看了一眼而再次失去了她。我在慈幼院第一次听到这个故事时,就想起了母亲。如果只是失去一次,坚强的人或许还承受得起。可若是失而复得,得而复失呢?只怕不论是谁,都受不了这再一次失去的打击。"

"所以你就成了你父亲的欧律狄刻。"

她在镜中点了点头。

"这就是我的复仇——替母亲向他复仇。我要让他以为自己找回了失散多年的女儿,然后让他再一次失去。他就是这样害死了母亲。同样的痛苦,他也应该遭受一遍。"

"你的复仇很成功。你像他害死你母亲一样,害死了他。"

"我没想到会是这样的结果。原本以为他是个像我一样铁石心肠的人,没想到这么容易就丢了命。母亲在我面前上吊死了,父亲也被我活活气死了,所谓刑克父母,大概说的就是我这种人。"

"那起绑架案也是你的主意?"

"是我的主意。我没打算把朗声哥他们也除掉,但阿柱觉得这样比较安全。他还答应我说,拿到五万元赎金之后,就先到上海来等着我。我们约好了地方。可是等我也到了上海,就再也找不到他了。"

看来,她虽然放弃了葛天锡的百万家产,却也给自己留足了后路。五万元不是个小数目,够两个人过一辈子了。可惜机关算尽,到头来还是上了男人的当。

"结果你也只好做起了舞女。"

"这就是命吧。"她缓缓说道,就像是在讲述别人的故事。"母亲是先做了舞女才受骗的,我是受骗之后才做了舞女,我比她幸运些,到底活了下来。虽然我也不知道这样活着,跟死了究竟有什么区别。可能被母亲掐住脖子的时候,我就已经丢了半条命,这些年都不像是在活着,感觉不到一丝一毫的悲喜,只是觉得很累——还不如在那时就死了,好歹能跟母亲做个伴,不至于这么孤单。"

"你之后还有什么打算吗?"

她没再开口,只是摇了摇头。

我向她道别,离开了舞厅。外面是无尽的夜。

后记

在推理小说的诸多门类里，冷硬派与"日常之谜"最接近传统文学，也最容易符合写实主义的标准。冷硬派发轫于达希尔·哈米特，在雷蒙德·钱德勒那里达到了文学性的顶峰。然而，作为追求文学性的必然结果，钱德勒的小说越到后期越趋于静态，描写事无巨细，妙语连珠却不免絮叨，少了些通俗小说应有的节奏感。罗斯·麦克唐纳则以其天才的工作弥补了这一遗憾，在文学性与节奏感之间找到了平衡点。今年适逢麦克唐纳逝世四十周年，谨以本作纪念这位大师。

早在一九六五年，日本推理作家结城昌治就在麦克唐纳的启发下，创作了日系冷硬派的早期代表作、同时也是私家侦探"真木"系列的开山之作《黑暗落日》。虽说驱使他写作的动机与其说是敬意，毋宁说是不满。结城昌治因无法接受《威彻利家的女人》所使用的诡计，而写了这样一本情节相近但真相不同的小说。至于我的这本《悲悼》，灵感则来自麦克唐纳一九五九年发表的长篇《入戏》（原题 *The Galton Case*），是在其"骨肉分离、真伪难辨"的框架下，另写了一个全新的故事。

本书的主角刘雅弦，尽管姓名致敬了麦克唐纳笔下的卢·阿彻（Lew Archer），其形象设计则更多受到了P.D.詹姆斯、苏·格拉夫顿、莎拉·派瑞斯基、若竹七海等女性推理作家的影响,同时也参考了北村薰的"别姬小姐"系列。因其私家侦探的设定,这个故事只能发生在民国年间。毕竟,新中国成立之后一度禁绝了私家侦探的存在,而传统冷硬派的探案手法也很难与近些年的科技发展相容。

将故事的舞台设置在一座近乎架空的"省城",也是我的一种权宜之计。这三年间,因疫情而难以归国,无法进行实地取材,能查阅到的资料也着实有限。利用这有限的资料,怕是不足以将任何一座实际存在的城市写得真实可信。不过,尽管城市结构是我向壁虚构的,"省城"的地理位置倒也并非无迹可寻,感兴趣的读者可自行考证。

最近几年在中文网络上,围绕民国时代究竟是"名士风流"还是"命如草芥"的论战一直不绝于耳。论者各执一端,离坚合异,总不免有些自说自话的味道。实则纵观整部中国历史,"白骨蔽平原"与"六朝人物晚唐诗"始终有种伴生的关系,并非只是民国如此。说到底,它更像是数不清的乱世危局中的一个,既不是最悲惨的,也不是最"风流"的,仅仅因为离我们最近而看得最真切。

另外想特别声明的是,作中刘雅弦对时代、对金钱、对文艺、对女性议题,乃至对革命的看法,都是我基于她的身份立场设计的,并不代表我本人的观点。她身处那样的时代,来自那样的阶级,遭遇那样的命运,自然也就有了那样的主张——我只想塑造一个自洽的人物,而无意向读者灌输什么。也正是为了彻底清除作者的痕迹,才选择了第一人称而非第三人称的叙事手法。小说中的每一个"我"都不是我,也不必是我。

回想起来,我以谜题化的本格推理出道,也写过推理元素稀薄的青春小说,后来创作的重心一度偏移到科幻与奇幻,如今又写起了颇具复古色彩的私家侦探故事。不论创作哪种类型的作品，出发点始终都是对经典作品的敬意。如果我的小说尚有什么可取之处，也不过是转益多师的结果，瑕疵与纰漏处则往往是我的发明。但我始终相信，勤是不能补拙的，聪明和懒惰却时常相关。二十几岁时尚能凭小聪明取得一点成绩，到了如今的年纪，也该拿出些三十几岁的人应有的勤勉才是。古人云"自兹堕慢，便为凡人"。我这凡人若再堕慢下去，就更不知要沦落到什么地方去了。

图书在版编目（CIP）数据

悲悼 / 陆秋槎著 . —— 北京：新星出版社，2023.9
ISBN 978-7-5133-5308-3

Ⅰ．①悲… Ⅱ．①陆… Ⅲ．①长篇小说 – 中国 – 当代 Ⅳ．① I247.5

中国国家版本馆 CIP 数据核字 (2023) 第 168011 号

午夜文库
谢刚 主持

悲悼

陆秋槎 著

责任编辑	刘 琦	责任校对	刘 义
责任印制	李珊珊	封面插画	插 芸
装帧设计	hanagin		

出 版 人　马汝军
出版发行　新星出版社
　　　　　（北京市西城区车公庄大街丙 3 号楼 8001　100044）
网　　址　www.newstarpress.com
法律顾问　北京市岳成律师事务所
印　　刷　北京天恒嘉业印刷有限公司
开　　本　910mm×1230mm　1/32
印　　张　7.875
字　　数　118 千字
版　　次　2023 年 9 月第一版　2023 年 9 月第一次印刷
书　　号　ISBN 978-7-5133-5308-3
定　　价　49.00 元

版权专有，侵权必究。如有印装错误，请与出版社联系。
总机：010-88310888　传真：010-65270449　销售中心：010-88310811